冬
記
島《くしま》勝千《かつちよ》代一代記
槐
イラスト　上條ロロ

福島上総介正成

土井庄助
南八兵衛
二木小五郎

常森段蔵
多賀弥太郎

冬嵐記

福島《くしま》勝千代《かつちよ》一代記

槐
Illustration　上條ロロ

新紀元社

目次

第一章　山城

ぶちっと頭皮から髪の毛が引きちぎられる痛みに、「なんて非道なことを!!」と怒りを覚えたのがそもそもの始まりだった。

そのまま硬い地面に突き飛ばされたことよりも、折り悪くそこにあった石で額を切ったことよりも、生え際がひりつくほどの量の髪を一度で奪われた事実のほうが大問題だった。

なんということをしてくれるのだ!!

男の髪は、たとえ一本たりとも粗末に扱っていいものではない。貴重も貴重、たった一本を死守するためにどれほどの努力を……。

「見よ、間抜け面よ！」

痛みと怒りで震える中、どっと笑う声にたとえようもない違和感を覚えた。

高い位置に立つ者が何かを振りかぶるのがわかり、本能的に頭を庇って丸くなる。

「……っ!!」

熱湯を掛けられたのだと察したのは、腕の皮膚が熱く焼けてからだ。

熱いというよりも、直接神経に針が突き立つような激しい痛みだった。

慌てて地面に転がりもがいていると、周囲からまたけたたましい笑い声が上がる。

「これ、千代丸《ちよまる》。目立つところに跡をつけてはなりませんよ」

そう言ったのは、たおやかな口調の女性だった。

三十代に届かないぐらいの、顔立ちだけを見ると華やかな美人。

そんな彼女に満面の笑みを向けるのは、よく似た面差しの肥えた子供だ。

「はい、母上。ですが、父上が帰参されるまでまだ二月《ふたつき》はあります」

「そうですねぇ」

「あっ！　土産で頂いた脇差の試し切りをしてみたいと思っていたのです」

状況はまったくわからなかったが、その場に居続けるのが危険だということは理解できた。

「逃げるな！　おい、押さえつけろ」

子供がそう言うと、ありえないほど巨躯の男たちに両腕を掴まれる。

「千代丸殿、刀傷は少々まずい」

大声でガハハと笑っていた男が、やけに目をぎらつかせながら近づいてきた。

怖い。とっさに本能が危険を察知し、身体が逃げようとする。

しかし逃げ出そうにも、両腕を掴まれているので身動きがとれず、屈強な大人の男が脚を振り上げるのを、ただ目を見開いて見ているしかなかった。

痛みより先に衝撃が来て、同時に、体内のどこかで何かが壊れるような音がした。

ぶっつりと意識がそこで途切れ、底知れぬ暗闇に意識が沈んだ。

熱い息を吐くのも苦しく、細切れに息を吸うのも苦痛だった。

朦朧とした意識が浮上したのは、昏倒が苦痛を紛らわす安寧とは言えなかったからだ。

目を開けた彼は、真っ暗闇の只中に転がされていた。

そこが布団の中だと認識できなかったのは、彼が知るいわゆるマットレスという背骨に優しいものの上に寝かされていたわけではなかったからだ。寒々しい板間に薄いせんべい布団が一枚、隙間風を遮るものもない室内の真ん中にぽつんと置かれている。

最悪ろっ骨が折れたのだろうということは、過去の経験から推測できた。あの体格のいい男の蹴りを受けるには、この身体はあまりにも小さく貧弱だった。

「……ええぇ」

マジか。

闇に慣れた目が、細かく震える自身の手を見上げる。

改めて見る自身の腕は、とっさに目を逸らしたくなるほどに細かった。

若い頃にはそれなりにスポーツをこなし、そこそこに骨ばって逞しかったはずの腕が、正気を疑うほどに細いのだ。いや、これは細いなどというレベルではない。

「子供じゃないか」

耳に届くその声も、幼子特有の舌足らずで甲高いものだった。

「夢……?」

ひゅうひゅうと喉が鳴る。呼吸をするたびにあちこちに激痛が走る。

夢であるならば、この痛みはなんだ。

頬をつねってみるまでもなく、自身が陥っているのっぴきならない状況を突きつけてくる。

かなり深刻に己の精神状態を危ぶみ、なんとか現実に戻ろうと足掻いてみるが、真っ暗闇にひとり放置されているという現状が変わることはなかった。

やがて思考は支離滅裂なものになる。

恐ろしく不穏で巨大なものに押し潰されるような感覚。息を吸い込むたびに気管がぎゅっと絞られ、どんどん呼吸が苦しくなる。

挙句には、スーパーに置かれている豆まき用の鬼の面をつけた巨人に踏み潰される幻影を見た。

要するに悪夢だ。

その鬼の服装がやけに時代がかったものなのに、お面がプラスティックの安物だというのがシュールだった。


はっはっと、荒い己の呼吸音で目が覚めた。

夜明けが近いのは、暗闇に慣れた目がほんのわずかに拾う明るさでわかる。

ぴと、と冷たい何かが額に置かれた。

心臓が喉から飛び出すのではないかと思うほどに驚いたが、喘ぐ以上のことはできなかった。息を吸った瞬間、逆に息が詰まるほどの激痛に見舞われ、全身に嫌な汗が浮く。

「あ……あ……あ、う」

こういうときは、可愛い女の子に看病されるというのが定番なんじゃないか？

至近距離に、見たこともないほど醜い老婆の顔があって、死ぬほど驚いた。

喋ることができないのか、唸るような声を発し、歯の抜けた口をパクパクと開閉している。

「ヨネ」

そう呼びかけたのは無意識だった。自分で呼びかけておいて、自分でひどく驚いた。

それが老婆の名前だというのは、彼女がほっと眦《まなじり》を緩めたことからわかる。

「し、心配をかけたね？　大丈夫だから……」

なんとか言葉をひねり出すが、耳に届いた声への違和感に内心震えた。

自身の手指が子供のものだと、視覚的に悟ってはいた。しかし耳から届く幼子の、若干舌足らずな可愛らしいボーイソプラノには、アイデンティティの問題で意識が遠くなりそうだ。

老婆は濡れた布巾を絞り、何度も額を冷やしてくれている。しかし、ホラー映画に出てくるような顔が真っ暗闇に浮かび上がるたびに、驚きと恐怖でひゅっと喉が詰まる。

熱が高いのだろう、布巾はすぐに熱くなり、そのたびにヨネが交換しようと顔を寄せてきた。

度重なる心臓への負荷に、次第に意識が朦朧としはじめて……こんな意味がわからない状況で気を失うわけにはいかない。

ぐるぐる回る意識を保つべく、ぎゅっと瞼を閉じて耐えた。


いったい何がどうなっているのだろう。

この子供は誰だ？　名前は？

古い記憶を呼び起こすように、記憶の中をさらってみる。

そうすると、あるはずのない、覚えのない情景が断片的に頭に浮かんだ。


お勝《かつ》と呼ばれた記憶がある。お勝？　女の子か？

うっすら覚えている父親らしき大男が、「お勝」と呼びながら頭を撫でてくれた。

そうだ、勝千代《かつちよ》だ。父が高い高いをするように抱き上げ、そう呼んでくれたのだ。

嫡男だと言われた。嫡男というと後継ぎの男子のはず。

大切な頭髪に暴虐の限りを尽くしてくれた悪ガキは……ああ、異母兄か。

兄なのに嫡男ではない？　父の肩越しに、憎々しげな視線を浴びた記憶が蘇る。

つらつらと記憶をたどっているうちに、なんとはなしに状況が飲み込めてきた。


今の己は子供だ。しかも、虐待されている子供。

父は戦のために城にはほとんどおらず、父の側室である桂《かつら》殿とその子供たちが幅を利かせている。

嫡男であるお勝……勝千代のことが目障りでならないのだろう。

名は憶えていないが勝千代を蹴りつけてくれた大男は、父の弟。つまりは叔父だ。父が不在の間の城代だが、哀れな甥を守る気はなく、同じ甥でも異母兄側についている。

戦、側室、嫡男、城、脇差……経験した覚えのない記憶の断片が脳内を埋め尽くす。

異母兄の千代丸は、鮮やかな黄緑色の、ひと目でお偉いさんの子供とわかる身ぎれいな格好をしていた。知識はそれほどないが、大河ドラマの戦国時代の服装に近いと思う。

千代丸の母、ご側室の桂殿は美しい織りに鮮やかな赤い染め色の打ち掛けを着ていた。

勝千代？　勝千代は……擦り切れ、もはや色もわからないような襤褸《ぼろ》の小袖一枚だ。袴すら穿いていない。

問題は服装の格差ではない。どうやら洒落にならない状況だということがわかってきた。

タイムスリップ？　憑依？　転生？　……馬鹿らしい。

一笑に付したいところだが、息をするたび脂汗が滲むほどの痛みに苛まれ、否応もなくこれが現実だと突きつけてくる。

ようやく眩暈が治まってきて、ろっ骨に負担をかけないように細く長く息を吐き出した。

ひりひりと肌を焼く火傷も痛むが、石で切れた額の傷も地味に痛い。

なにより大問題は……抜けてしまった生え際の髪だ。こんなときなのに、四十路男としての不安が込み上げてくる。

いや、きっとまた生えてくるはず！

恐る恐る束で抜かれたところに触れてみて、そこだけ明らかに毛がないとわかって泣けてきた。

――――許すまじ、千代丸。

目を開ければリアルホラーの登場人物を見てしまうので、ぎゅっと瞼を閉ざしたまま、心の中で復讐を誓った。

絶対に許さない。いつかあの総髪を全部むしり取ってやるんだからな！


そのあともかなりの高熱にうなされていたのだと思う。

夢の中で、彼は四十代後半の既婚者で、高校教師として多忙な日々を過ごしていた。

子供はいなかった。夫婦ともに望んでいたが、恵まれなかった。

近所の子を見るたびに胸が苦しく、物悲しい気持ちになったのを覚えている。

とある雨の夜。

彼は何故か濡れた道路に仰向けに寝転がっていて、点滅する信号機をじっと見ていた。

妻と認識している女性が、わんわんと泣きながらしがみついてくる。

ごめん。うん、ごめんね。

号泣する妻にただひたすら謝り続けていて……。


目を覚ましたとき、まともに息すら吸えない激痛の中、「ああ……」と涙交じりのため息をついた。

置いてきてしまった妻の名前が思い出せない。泣いていた顔も記憶から消えている。

高校教師だった自分は、あの交差点で事故に遭ったのだ。

すとんと納得できてしまった。

ならば、この状況はどういうことだ？

事故に遭い、意識不明の状態で夢を見ているのか？　それとも、転生だとか憑依だとか、荒唐無稽な夢物語が実際に起こっているのか？

もはやどちらが現実で、どちらが夢なのかわからない。

ただ、日にち薬ではなかなか解決しない痛みが、こちらの悪夢しか選べないのだと告げていた。


延々ひと月以上寝込んで、身体を起こせるまでに快復できたのは初雪が降る頃だった。

もとより病弱な質のようで、そのまま死んでいてもおかしくなかった。

勝千代の身体はあまりにも華奢で、明らかに栄養状態が悪い。

身体のサイズから考えるに、おおよそ三～四歳。行っていても五歳程度だろう。

肌の色は青白く、総髪の髪はパサついている。爪に縦じわができていることに気づいたときには、まだ子供なのにと悲しくなった。

城主の嫡子だというのに、ろくなものを食べさせてはもらえず、着ているものも薄汚れた小袖。

これからもっと寒くなるのに、ずっとこの一枚で過ごすのだろうか。


ヨネが丁寧に清拭してくれる。そのしわしわの手が拭う身体は、骨と皮だけでできている。

この年頃のふくふくしい丸みも、若枝のような瑞々しさもない。

櫛を通すたびに髪が抜けていくのは、ひどく堪えた。

本気でなんとかしなければ……冬を越す以前の問題で、身体が限界を迎えそうだ。

子供なら一番に頼るべき父は、相変わらず戦場に詰めっきりで、帰ってこない。

ヨネはよくやってくれていると思うが、彼女は足腰が不自由で、利き手の指も半分ない。

ヨネ以外の人間は、勝千代を気にかけるどころか視界に入れようともしないし、むしろ虐げてくる者のほうが多い。

つまり、この子を助けることができる者は……誰もいないのだ。


人間が生きていくために必要なものはなんだろう。

衣、食、住だ。

とりわけ今の優先順位は、とにもかくにも食べるものだった。

子供が成長するために栄養は不可欠である。それなのに、厨《くりや》から運ばれてくる食事は一日一度、しかも水のような穀物粥だけなのだ。

冷え切った汁椀に申し訳程度に浮かんでいるのは白っぽい小さな粒々。食感はもそもそとしていて、独特の匂いもある。

米ではない。おそらく稗《ひえ》だろう。

せめて粟《あわ》か黍《きび》だったらもう少しおいしいと感じるのだろうか。

栄養はそこそこあると知っていたが、いかんせん量が少なすぎる。胃が縮んだ幼児でも、腹を満たすには不十分だった。

飽食の時代に生まれ育ち、繊細な和食の味に慣れている身としては、こんなものがまともな食事だとは思えなかった。

吐き気を堪えながら、ひたすらただ嚥下する。

なんとかしなくてはと思っても、身を起こすのがやっとの状態ではどうしようもなかった。

食後しばらく横になっていると、いつものように腹痛が襲ってくる。身体が受け付けないのか、精神的なものかはわからないが、このままともに食事ができないようでは、ますます身体を悪くするだろう。

ため息交じりに生え際に手を伸ばす。もはや癖になってしまった確認作業で、健気に生えてきた髪を確かめる。

諦めてはいけない、この身体は生きようとしている。

こんな地獄のような場所で、幼い子供を死なせてはならない。

閉め切られた薄暗い室内で、すでに痛みはないが爛れた傷跡になってしまった火傷を見つめる。

もちろんこの時代に彼が知る火傷の薬、軟膏のようなものはないが、ヨネはどこからか採ってきた草を揉み、貼り付けてくれた。彼の目に入るときにはすでに原型をとどめていないペースト状だったが、薬草の類いなのだろう。

ここは日本だ。それなら食用の野草を採取するというのはどうだ？

少し考えて、またため息をつく。

日本の植生について多少の知識はあるが、食用の植物ならばヨネのほうが詳しいだろう。

食糧事情が不安定な時代なのだから、食べても問題がないものについて先人の知恵として伝わっているはずだ。

そしてそんなものが身近にあるなら、ヨネはきっとなんとしてでも採ってくる。

治りきらないケロイド状になっている腕を懐に戻し、ぺったんこな腹を撫でた。

食べれば腹痛に苦しむが、食べなければ体力がつかない。

野草ではなくもっと消化のよい、効率よくエネルギー源になるものが必要だった。

米とまでは言わない。稗でも構わない。そもそもの食べる量を増やさなければ……遠くないうちに衰弱死してしまうだろう。


父に助けを求める？

戦に明け暮れているこの子の父親が、味方だとどうしていえる？　異母兄も父の息子だ。同じ息子なのだから、あちらの言い分を信じ、かえって邪魔者扱いされかねない。

母は？

それについては情報不足だ。この子の中にその記憶はない。すでに離縁しているか、死別したか。

勝千代が嫡男のままだということは、それなりの身分の女性なのかもしれないが、名前ですらノーデータだ。

その他の親族にしても、記憶の中に情報らしい情報はなく、頼れる先は皆無だった。

詰みか。詰んだな。まともに動かない身体で自嘲する。

死にたくない。この子を死なせたくない。

どんなに強くそう思ったとしても、成し遂げられないのでは意味がない。

唯一救われることがあるとすれば、この子が死への恐怖を感じずに済むことだろう。

いっそここから出ていこうか。

せめてあと五歳年長であれば、それが一番現実的な生存方法だったと思う。

治安がありえないほど悪く、日中から盗賊や人攫いが横行しているのだとしても、ここよりは生きていけるチャンスがあるのではないか。

到底実現不可能な夢物語をもてあそびつつ、空腹と寒さから気を逸らせ、近づいてくる死の気配から逃げる手段を模索していた。


徐々に削れていく命と向き合っていた、とある寒い冬の日。

どどどどどっと、憚《はばか》りない足音が遠くから響いてきた。

普段からこの部屋の周りはとても静かで、人の話し声も、廊下を歩く音すらも聞こえない。

そもそも勝千代は動けないし、足腰が悪いヨネはあんな風に歩けない。

近づいてくる音は軽い。子供か？

耳を澄ませば、その後ろに続くどかどかと乱雑な大人の足音も聞こえてくる。

異母兄と、そのお付きの連中だとすぐに察した。

ごめんなぁ。

そっと目を閉じ、幼いこの身体の主に心からの謝罪をする。

今これ以上の暴力を受けると、洒落にならない結果になるだろう。

大人なのに。なんとかしなくてはいけなかったのに。結局彼は一か月を無駄に浪費し、解決策を導き出すことができなかった。

ほんと、ごめん。

繰《く》り言《ごと》だとわかっていても、謝罪する。せめて今わの際の苦痛は請け負うから……と。


バン！　と大きな音を立てて、上貼りの剥がれた襖が横に開く。

暗がりに一気に光が差し込んできて、視界が奪われた。

開け放ったのは若い武士で、続いて異母兄らしき人影が、鼻をつまみながら顔を覗かせた。

板間の廊下に立ったまま、部屋に入ってこようとはしない。

さすがに一か月も寝付いた病人がいると、相応に臭うのは仕方がないことだ。

「臭いのう！　家畜小屋かここは」

土気色の顔で臥《ふ》せっている勝千代とは違い、異母兄の千代丸は今日もふくふくと豊満で、健康そのものだった。

身体つきも肌艶も、身にまとっている着物も対極だ。到底兄弟とは思えないほどに。

「不貞寝しておると聞いて見舞いに来てやったというのに、起き上がりもせんのか」

「あほうの子ですから仕方がございませんよ」

兄に対する礼儀がなっていないやら何やら、一通りぎゃあぎゃあと騒ぎ、空気が悪いと部屋中の仕切りを開け放つ。

かろうじて保たれていた室温が一気に外気と混ざり、氷のような風が吹き込んできた。

せんべい布団に、申し訳程度に身体に掛けられた小袖が一枚。そんなもので体温を保つことはできず、勝千代の身体はあっという間に冷え切ってしまった。

「家臣として、しっかり教えて差し上げねばなりませんなぁ！」

ぶるぶると震える幼い子供を、非情にも薄いせんべい布団から引きずり出したのは、ひときわ屈強な若者だった。

にやにやと笑うその男の歯は真っ黄色で、歯と歯の間に歯垢がたまり、口臭がひどい。

現実逃避気味に、歯磨きしているのかこいつ、などと考えているうちに、縁側から外に放り投げられた。もんどり打って庭に転がり、背中と後頭部を強くぶつけて意識が遠くなる。

声にもならず、肺に残っていた呼気をすべて吐き出し、咥内にはさびた味が広がった。

あふれる血を手で押さえることすらできず、意識がブラックアウトする一瞬。

そういえば勝千代自身も、このひと月の間歯を磨いていなかったという、衝撃の事実に気づいてしまった。

次に意識が戻ったとき、ぬくぬくとした寝具の中にいた。

戻り切らない思考でぼんやりと周囲を見回し、こちらを覗き込んでいる大きな男の影に気づく。

知らない男だ。

そう思うのとほぼ同時に「ちちうえ」と、舌足らずな口調でつぶやいていた。

「お勝、しっかりいたせ。父が参ったからには何も心配いらぬからな」

「それ以上近づいてはなりません。うつる病にございます」

「何を言うのだ！　お勝が苦しんでおるのに……」

「勝千代殿のお世話をしていた者が、軒並み同じ症状で寝付いております。死んだ者もおります。どうかご辛抱くだされ」

その声は知っている。勝千代の胸を蹴飛ばしてくれた叔父だ。


助かったのか？　そう思えたのは一瞬だった。

悲嘆にくれる父の声が遠ざかり、その背後にいる叔父の冷ややかな目がこちらを見る。

事情はすぐに察した。

父が戻ってきたので、勝千代の窮状が気づかれないよう手を回したのだろう。

ここはどこだと視線だけを巡らせる。知らない場所だった。部屋は暖かく、隙間風もない。

肌触りのいい布が何枚も掛けられ、その重みに押し潰されそうだった。

「はよう死ね」

少し離れた位置に控えていた桂殿が、怨嗟に満ちた声でそう言い捨て、父の後を追った。

しばらくぼうっと閉められた襖を眺めていると、再び静かに開けられて、礼儀正しく一礼して男が入ってきた。

その後ろから坊主頭の男。盆を掲げた若い男、の順で入室してくる。

坊主頭の男は見たことがある。あとの二人は知らない顔だ。

「薬湯をお持ちしました」

坊主頭が神妙な口調でそう言って、背後の助手らしい若者に目配せする。

若者は視線を下に向けたまま、掲げ持っていた盆を膝の前に置いて深々と頭を垂れた。

飲んではいけない。

差し出された蓋つきの茶器を見て、とっさにそう思った。

「少々苦いですが、飲まねばよくなりませぬぞ」

なんとか顔の位置をずらして拒否すると、薬を嫌がる我儘な子をいさめる調子でいなされる。

臥所《ふしど》から抱き起こされ、口元につけられた薬湯を拒否しつづけることは難しかった。

背中を支える若者が、肉のない脇腹を強くつねった。

血が出るほどの痛みに喘ぐと、さっさと口の中に薬湯が流し込まれる。

毒かもしれない、と思っていても、水すらまともに飲まされていない彼には甘露だった。

苦みのある液体が舌に染み込み、ほんの少しピリリと刺激を感じる。

喉を下り、食道に落ちていき……ぐらり、と意識がたわんだ。

「ごゆっくりお休みください」

遠くで、坊主頭が慇懃《いんぎん》にそう言う声を聞いた。


そしてまた気づいたときには、もとの狭い小部屋に戻されていた。

ヨネが心配そうにこちらを見下ろし、勝千代の意識が戻ったことに気づいてほっとしたように表情を和らげる。

彼女が手にしているのは小さな布。それで少しずつ水分を口に含ませてくれていたらしい。

「……ヨネ」

声は掠れ、ひどく弱々しかった。

もうこの身体が長くもたないことはわかっていた。

毎食の粥の中にも毒が仕込んであったのだろう。腹を焼く痛みはずっと続いていて、それが尋常のものではないとわかってしまった。


勝千代が死んだら、この老婆はどうなるのだろう。

慣れとはたいしたもので、初めはホラーだと感じていた容貌も気にならなくなっていた。それどころか、悪意に満ちた城中で、ただひとり勝千代を思ってくれる大切な存在だった。

喋れず手足も不自由な彼女が、この先どうなってしまうのか心配で……しかし、遠ざけてしまう勇気はない。

　ひとりぐらい、この子を看取ってくれる者がいてもいいではないか。身勝手な言い訳を心の中で繰り返し、取り繕った笑みを浮かべる。

「ありがとう」

　舌足らずに囁く声に力はない。

　ふるふると左右に振られる白髪交じりの頭が、勝千代の言葉を聞き取ろうと口元に近づく。

「わたしが死んだら」

　ぎょっとしたように見開かれたその目は、片方濁っている。

「気づかれる前に、ここを去るんだよ」

　おそらくきっと、ヨネは口封じのために処分されるだろう。勝千代は嫡男で、本来であればこんな風に扱われる身分ではないのだ。

　再び大きく首を振る老女に、ほんの少し唇を上げて笑みを向ける。

「ヨネも少し休んで」

　夜明け前の薄闇の中、涙ぐむ老婆に親しみの目を向けて。

「大丈夫。まだ生きているから」

　瀕死の状態であっても、人間はなかなか死なないものだから。

　ホロホロとこぼれる大粒の涙は、しわとシミだらけの浅黒い肌をまだらに染めていく。

　それを見られまいとしたのか、顔を背けたヨネが、小さく一礼して枕もとを去る。

静かな夜だった。冬が深まり、虫の声も聞こえない。そこにある静粛は穏やかなもので……。襖の隙間から漏れる月明かりが、今ここにいることの現実味のなさを増長していた。ゆっくりと目を閉じる。

次第に意識が落ちていき、それをまるで死んでいくようだと思った。


そして夢を見る。夢の中で、四十路男が妻に何かを言っている。

差し出した花束。台所に立つ髪の長い女性が、こちらを振り返る。

いくら目を凝らしてその顔を見ようとしても、はっきりしない。

こげ茶色のきれいな長い髪。少しすねた、涙交じりの声。

……ああそうだ、「一生ずっと一緒にいよう」そう言ったのだ。

十回目の結婚記念日。うまくいかない不妊治療に心がすり減っていた妻が、初めて泣き言を言った日。

ずっと一緒にいると誓った。子供に恵まれなくても、幸せな夫婦として過ごそうと抱きしめた。

そのわずか十日後に、あの事故が起こった。

この子が死んだら、彼女にまた会うことができるのだろうか。

浅い眠りの中でまどろんでいた意識が、ふと何かに気づいて覚醒した。

夢の内容はよく覚えていない。ただ、ひどく懐かしい、やさしい夢だった気がする。

うっすらと開けた目には、もう慣れてしまった暗闇。この時代の夜は本当に真っ暗で、その闇の色はどこまでも深く漆黒だ。

その代わり、月の光が冴え冴えと強い。

闇の中に何かを感じたのは、襖の隙間から漏れる月明かりが、暗闇にほんのわずかな濃淡を作って見えたからだ。


「……だれ」

舌足らずに問いかける。半分寝ぼけたような、たどたどしくもつたない口調。

本気で答えがあると思ったわけではない。身体を起こす元気もない勝千代が、無意識に発した自衛心だった。

ゆらり、と闇の深い部分が動いた気がした。

それは、夢の続きではなく、化け物を錯視したわけでもなく……息がかかるほどの近距離にいる、真っ黒な装束を着たひとりの男だった。

勝千代の目には、それ以上のことはわからない。男の顔はもちろん、輪郭を視認することすら難しい。

かろうじて男性だとわかるのは、勝千代の腕を握っている手がごつごつと大きかったからだ。

「ご無礼をお許しください」

ひそかな声が耳朶《じだ》に届いた。それは木の葉を揺らす風よりもささやかで、聞き逃しそうなほどに小さかった。


ぱちりと目を見開き、リアル忍者?! と心底驚いた。

深い闇にじっと目を凝らし、こてり、と首を傾ける。

男はペラペラな小袖をめくり、腕の火傷の跡を確かめるように撫でた。確かに醜くでこぼこした傷跡になっているが、果たしてこんな暗闇の中、何をしようというのだろう。

「……なに？」

口達者な千代丸の年がおそらくだが六、七歳。勝千代はそれより二つ三つ下だ。

ヨネ以外と喋ることがないので、のろまよ、ぼんくらよと言われているが、そんなことはない。

特に今は四十路の中の人がいることもあり、ただの幼子とはいえない。

果たしてそれを暴露してまで話しかけていいものかわからなかったが、少なくとも、丁寧に触れてくる男の態度に害意は感じなかった。

「はなして」

相手を刺激しないように、じっとしたまま言葉を紡ぐ。

「人に触れられるのは得意ではない」

舌足らずだが、はっきりと拒絶の意を示すその物言いに、黒装束の男はさっと手を離した。

「なにようか？」

すぐに返事はなかった。男は黙ってこちらの様子を窺い見ている。

どれぐらいそうしていただろう。

さらに問いを重ねようとした矢先、ガタリ、と襖が開く音がした。

月明かりを背景に、何かがものすごい勢いで飛びかかってきた。……彼にではなく、黒装束の男に向かって。

「ヨネ！」

何故それが世話役の老女だと思ったのかわからない。

しかし、普段の緩慢な動きからは想像もできない速さで、何か棒のようなものを振りかぶる。

それは抜き身の刀身だった。……え？　何故？　と疑問に思うより先に、男の首筋に吸い込まれるかのような切っ先の動きに血の気が引いた。

「ヨネ!!」

再び老女の名を叫ぶ。

ずっと息を殺し、身を潜めるようにして生きてきたので、こんな大きな声を出したのは生まれて初めてかもしれない。

黒装束の男は、ヨネの小太刀を手の甲で退けたものの、それ以外は微動だにしていなかった。

差し込む月明かりに、大柄なその姿がくっきりと浮かび上がっている。

片膝をつき、右手は太ももの上。ヨネの小太刀を喉元に突き付けられたまま、左手はその切っ先がギリギリ当たらない程度に遠ざけている。

勝千代はほっと息を吐いた。

「ヨネ、だいじない」

老女が逆手に握っているのは小太刀。夜目にも、枯れ枝のような手が握るには武骨すぎる武器で。

「だいじない」

もう一度言うと、その指の力が緩むのがわかった。

「ヨネ、ヨネ」

老女は侵入者から目を逸らさない。

黒装束の男は、こちらに視線を据えたまま、ヨネには目もくれない。


勝千代は深々と息を吐いた。

それはただの「はあ」という音に過ぎなかったが、膠着状態のふたりには覿面《てきめん》に効いた。

同時にぱっとこちらを見て、渋々という感じで殺伐とした気配を緩める。

身体を起こそうとすると、ヨネは即座に小太刀を引いた。少しオロオロとしてから刀身を背後に隠し、やせ細った幼子の背後に回って介助する。

勝千代はその皺深い手にそっと触れ、もう一度、大丈夫だと言外に告げた。

大丈夫だから、年甲斐もなくそんな物騒なものを振り回さないでほしい。

「もう一度問う、このような時刻に何用か？」

改めてそう言うと、黒装束の男は静かに左手を下げ、立てていた膝を下ろした。

枕もとにきちんと正座で座り、両手は太もも。ぴっしり伸びた姿勢に既視感がある。

もしかして、坊主頭の医師と一緒に部屋に入ってきた、礼儀正しいほうの男じゃないか？

とはいえ、名乗られた記憶はなく、男がどういう立ち位置で、どういう理由があってここにいるのかわからない。

こてり、と首を傾けると、何を思ったか、男は深く頭を下げた。近くに座っていたので、上半身を傾けるとなお一層顔が近くなる。

ふわりと漂ってくるのは、夜のにおいだ。それは嗅覚に訴えるものではなく、例えるなら冬の冷気に似た気配だった。

城の外から来たのか？　だとすれば、すでに出陣したであろう父の手の者だろうか。

「昨日お側に上がりました際に、腕の火傷の跡が気になり申した」

夜の闇に滲むような、低い声だ。

「あの無礼な助手の態度にも」

改めて脇腹をつねられたことを思い出し、顔をしかめる。

いや、あれはつねるだなんて可愛らしいものではなかった。きっと痣になっているだろう。

「たいしたことはない」

痣ができていたとしても、血を吐くほど苦痛だったわけではない。庭先に放り投げられ、全身を打ち付けたときのほうが何倍もきつかった。

勝千代は無意識のうちに胸に手を当てた。あれだけ血を吐いたのだ、肺を傷つけたのではと今さらながらに心配になったのだ。外科的治療が望めない状況下での吐血など、恐ろしすぎる。

「父上の手の者か？」

「若君のことをご心配なさっておられます」

「……そうか」

それが本当かどうかわからない。たとえ勝千代の置かれた状況を知らなかったのだとしても、それが桂殿と千代丸、さらには実弟である叔父の側に立たない理由にはならない。

「若君」

ひどく静かな声で呼ばれた。そこには、父を信じていないことを窘《たしな》めるような響きがあった。

だが仕方がないではないか。中の人にとって、父はこの苦境を放置してきた男なのだから。

「状況はわかっているか？」

幼い唇からこぼれる、たどたどしい言葉。気をつけてはっきり喋ろうとしても、あどけない子供の声はただただ可愛いだけだ。

ああ、ちくしょう。こんな子供に何をしてくれているのだ。

見ろよこの腕。折れそうなどという形容詞では足りないぐらいだ。

この状態を見てなお放置されるようなら、この男も味方とはいえない。

男は勝千代の内心が聞こえていたかのように一時顔を俯け、呼気を整えてから頷いた。

「……はい」

父と面会したときには、上等な着物を着せられ、嫡子にふさわしい部屋を与えられ、何人もの女中たちから行き届いた世話を受けていた。

それがたった一日後、今いるのは城の離れ、端《はした》や下人が住むような薄汚れた一角の、下手をすれば敵に一番に踏み込まれる場所だ。

勝千代にとっては、城全体が敵地だった。


「父上にとって安全だと思うか？」

勝千代の静かな問いかけに、男は再び口を閉ざす。

思い出すのはあの嫌な目つき。叔父は桂殿に迎合して城中を掌握しているが、そこに一片の野心もないと言えるだろうか。たとえば……父に成り代わり城主の座を狙っているとか？

「わかりません」

男はしばらく黙り、若干声を低くして首を振った。

「……そうだな」

父にとっては妻と子、血を分けた兄弟だ。本来であれば、裏切られるなどありえない相手なのだ。

これが、ただの後継争いならばまだいい。勝千代が消えれば何もかも解決する。

しかし、謀反をくわだてようとしているのであれば……話はまったく変わってくる。

「父上の御身を第一に考えよ」

熟考の末、勝千代は静かに言った。

城中の者が幼い子供の命を容易く踏みつけているように、皆で父を謀殺しようとしているのかもしれない。そう考えた瞬間に、胸の内でチリリと痛みが走った。

この身体の命の灯は、すでに消えかかっている。このままなら、そう長くはもたないだろう。

それでもなお、内なる幼い子供は、あの屈強な父を気にかけ、救いたいと願っているのだ。

その痛みは、勝千代という幼子が完全に消えたわけではなく、この身体のどこかに残っているというなによりの証拠だった。

「信じる道をお進みください……と、伝えてほしい」

真意を問うようにじっと見つめられ、苦笑する。

何か騒ぎが起こるのであれば、それに乗じて身を隠そうと考えていた。

できるか否かではなく、すでにもうそれ以外、生き延びる手立てはない。

ただひとつ、望むものがあるとするなら……。

人型の影がくっきり見えているのに、なおもそこにいるのかあやふやな男。人間ではなく置物のようにも見えるその姿を、まじまじと見上げて思う。

……何か食べるものを持っていないだろうか。

勝千代にできることは、この貧弱な身体を一日でも長く生き長らえさせることだ。

そのためには「食い物」。望むのはその一択なのだが……頭をひねり、それをどう切り出すべきかと迷った。

まあ、言ってみるものだよな。

小さな椀に入っている、とろりと柔らかく茶色いものは玄米だ。

正確には、乾飯《ほしいい》をじっくりと煮込んだだけのものだが、多少の甘味と塩味もあって、飢えて干からびかけていた口にはおいしいと感じられるものだった。

塩味はヨネがこっそり厨からくすねてきた岩塩。甘味は米の糖質によるものだろう。

量は少ない。カレースプーンを使えば五口で食べきってしまえそうな分量。

分けてもらえたのが少量だったわけではなく、餓死寸前の人間には、一気に食べるほうが負担になるのだ。

慎重に、文字通り一粒一粒味わうように噛みしめる。……ああうまい。涙が滲みそうになるのを、ヨネに気づかれないよう押しとどめる。

最後の一粒まで時間をかけて胃に収め、ずっと氷のようだった指先が、ほんのりと熱を持っていることに幸せを感じた。

やはりこの子は、生きようとしている。

たった数回の食事で劇的に体調がよくなりはしないが、消えそうだった命の灯は健気に燃え続けていた。

少なくとも、今日明日ということはないだろう。

ほのかに見えてきた希望に、日々せっせとカロリー補給に努める。

そして三日も経つ頃には、自力で身体を起こせるまでに回復してきた。まだ床上げするには程遠いが、このまま放っておいてくれれば、徐々にだが体力も戻ってくるだろう。

だが、そんなにうまく話が進むはずはないのだ。


勝千代は今、木枯らしの吹きつける庭先で、半裸の状態で座らされていた。

襤褸の小袖の上半身を剥がれ、冷たい土の上に膝をつき、起坐の姿勢で長時間いる。

意識が朦朧としてぐらつくと、すかさず近寄ってきた若い武士に引き起こされる。

持っていた太刀の鞘で容赦なく背中を打擲《ちょうちゃく》し、その身体が吹き飛ばないよう髪を掴んでいるのだ。

しかもわざとだろう、飾りの部分が当たるように毎度角度を調整してくる。

いやマジでお前、覚えてろよ。

引き起こされるたびに、髪がぶちぶちと千切れる音がする。千切れるだけならまだいい。絶対に何本も抜けている。

……許さん。

かすむ視線の先で談笑しているのは、桂殿と異母兄、叔父のトリプルコンボ。

ひとりずつでもひどい目に遭わせられるが、三人そろうと非常にまずい。

過去の経験上、無事に部屋に戻れたためしがないのだ。

寝込んでいる時間が長く、ほかにすることもないので、どうすればこの状況から脱することができるか考えていた。

そもそもの原因は、勝千代が嫡男だからだと思っていたが、それならさっくり殺してしまえば済む話なのだ。

痛めつけるのも死なない程度、毒も致死量ではない。つまり、だらだらと生き長らえさせている。いや、生き長らえさせている、というのには語弊がある。死んでも構わない、むしろ死んでほしい、と思っているのは確かなのだ。

それなのに積極的に殺そうとはしてこない。……何故だ？

父の目を気にしてか？　できるだけ苦しめたい？

何か、勝千代が知らない事情があるのかもしれない。


哀れな幼子を肴に、午後の一服を楽しんでいた三人は、これ見よがしに楽しげな表情で笑いながら去っていった。

その頃には勝千代の背中は血まみれで、まるで死体のような有様だった。髪も顔も血と泥で汚れ、指先まで土気色だ。

氷のように冷たい土が体温を奪っていく。おまけにみぞれまで降りはじめ、風も強くなってきた。

……死ぬかもしれない。

フラッシュバックするのは雨の夜。アスファルト。信号機。泣いて縋ってくる栗色の髪の女性。

これまでになく死神が近づいている気がして、貧血でよく見えない目をゆっくりと瞬かせた。

徐々に暗くなっていく視界に映るのは、今にも雪が降りそうな曇天。

遠ざかっていく男女の笑い声が、やけに長く耳に残った。


日が落ち、なおもその場に打ち捨てられたままでいた勝千代を回収したのは、容赦なく背中を打擲してくれた若い武士だった。

親切心ではなく、目障りだから片せと命じられたようだ。

勝千代の部屋は奥の曲輪の隅にある。ちょうど境の木戸の側で、炭小屋や井戸の並びだ。

若い武士はひどく不服そうに、汚物を運んでいるかのような態度で勝千代を担ぐ。途中わざとらしくあちこちにぶつけ、ひどく乱暴な運び方だった。

壊れかけた木戸を蹴破るように足で開け、あとはろくに周囲を確かめもせず、ポイと無造作に放り投げた。ゴミを不法投棄するような感じだった。

小さな子供が、もんどり打って転がって死体のように動かなくなっても、まったく負い目すら感じていないようだ。

彼が勝千代を、城主の嫡男だと認識しているかどうかはわからない。

側室の桂殿と留守居の叔父、城主の子である千代丸の不興を買っている子供だとしか思っていないのかもしれない。

今の時代、味方でないなら子供でも情などかけないということか。

木戸が閉まって、男が去った。即座に駆け寄ってきたのはヨネだ。

舌がないので喋れない彼女が、獣のように呻きながら勝千代を掻き抱く。

湿った土の匂いと、血の臭い、降り注ぐみぞれがやがて雨になり、冷気が氷のように肌を刺す。

勝千代は震える手で、宥めるように老女の背中を撫でた。

大丈夫、まだ死なない。

このところエネルギー源を摂取して、少しずつ体力が戻ってきていた。

厨からの食事に手を付けなくなってから、腹痛も治まっている。

「……ヨネ」

愛すべき老女の名前を呼ぶと、彼女ははっとしたように身体を離した。

片方だけ正常な目が、薄闇の中で鈍く光る。

その視線は勝千代のほうではなく、どこか別な場所を睨んでいた。


雨を弾いて、ギラリと光るのは長めの小太刀。ヨネの細腕には大きすぎるその刃が、いつの間にか抜き放たれている。

またそれか。どこから出してきたんだよそんなもの。

勝千代は彼女を宥めようと手を伸ばし、小太刀を構える枯れ枝のような腕の先に、複数名の黒装束が立っているのに気づいた。

待てなくなった桂殿が、とうとう刺客を送り込んできたのか？

とっさにそう考えたのは、その男たちが見るからに殺気立っていたからだ。

しかし数呼吸ののち、足音もなく近づいてきたのはひとりだけで、ぬかるんだ土の上に膝をつき勝千代の顔を覗き込んでくる。

姿勢のいい男だ。すっと伸びたその輪郭だけで、数日前に乾飯をくれた男だとわかった。

その節はどうも……と、挨拶代わりに微笑んでみる。しかしそれは笑顔にはならず、唇がわずかに震えただけだった。

相手はただ手持ちの非常食を恵んでくれただけかもしれないが、餓死しそうになっていた勝千代にとっては命の恩人なのだ。

そんな相手に、まともに感謝も伝えられないのが情けない。

残っていた力を振り絞り、ヨネの袖を引く。

恩人に刀を向けてはいけない。

その意思が伝わったのか、ぱしゃりと音を立てて小太刀が水たまりに落ちた。

「うーうー」とこもった声でヨネが唸る。

両手で狂ったように勝千代を抱き込み、必死に何かを言っている。

大丈夫だ、どうしたんだと宥めたくとも、全身から力が抜けてうまく言葉にならない。

もうひとりの黒装束が近づいてきて、ヨネの肩に手を置いた。ヨネは嫌々と首を振り、ひどく必死に何かを訴えている。

ぼんやりとそんな彼女を見上げてから、パツンと電気が切れたように意識を手放した。

第二章　忍びの村

吐く息が熱い。

ぼんやりとそんなことを思ったとき、額に置かれていた手がピクリと動いた。

冷たい手のひらが離れ、代わりに濡れた布が置かれる。

「……ヨネ？」

焦点が合わない目で、周囲を見回す。

いつものような暗闇ではなかった。ぼんやりと柔らかく人影が揺れている。

次第にはっきりしてくる目で、枕もとに座る黒装束をじっと見上げた。

知らない男だった。

乾飯をくれた男ではない。もう少し背が低く、彼よりも優男風に見える。

「ご気分はいかがですか」

柔らかな口調だ。厳しい育ちをした勝千代なら、怯えたウサギのように警戒したかもしれないが、平和な時代を生きていた中の人は、単純に相手を信じられると感じた。

「だいじない」

たどたどしく応えて、あまりにも失礼だったかと丁寧に言い直そうとしたが、黒装束はにっこりと笑顔を浮かべてから居住まいを正し、丁寧に頭を下げた。

「私のようなものが許可もなく御身に触れて申し訳ございません」

「……？」

とっさに、何を言われたのかわからなかった。

「しかしながら、今治療にあたれる者が私しかおりません。ご容赦を」

いや、まったくもって問題ないどころか、ありがたくて涙が出そうなんだが。

身分の違いを実感することなく育った中の人にとっては、男の謝罪は理解しがたいものだった。

のちのち嫌というほどわかることなのだが、この時代の氏素性というものは絶対で、素破《すっぱ》や乱破《らっぱ》と呼ばれるいわゆる忍びの者たちは、その最下層に位置する存在なのだ。

同じ部屋にいることすら拒まれることが多く、このように近い距離で対面するなどもってのほか、身体に触れた手を切り落とせと命じられてもおかしくない。


下げられた頭をぼうっと見つめていると、男はそのままじりじりと遠ざかろうとした。頭を下げたまま、つまりは土下座の姿勢のままだ。

とっさに手を伸ばし、まだ届く距離にあった黒装束の袖を掴んだ。

男ははっと息を飲み、少し顔を上げたが、目が合って素早く視線を低くする。

いや、逃がさないからね。

袖を握る手にぎゅうっと力を籠めた。

頭を下げたままの男から、隠しきれない当惑が伝わってくる。

「……ここはどこ」

知らない部屋だった。狭いが隙間風も吹き込まず、小ぎれいに整えられている。

それに横になっている布団は分厚く、気のせいでなければ一畳分だけ畳じゃなかろうか。

男が困った様子で目尻を下げた。

言えないのなら別にいい。また再び寝たきり生活になりそうな身としては、たいした問題ではない。

聞きたいのは、安全かどうか。ヨネはどうしているのだろう。

ややあって、迷う風な沈黙の末、男は床に向かって丁寧に言った。

「申し訳ございません」

ああ、やはり言えないのか。それならそれで、適当なことを言っておけばいいのに。

どうせ相手は子供なのだから、嘘を言ってもわかりはしないのに。

「……よい」

勝千代はあっさりそう言って、次の質問を考えた。

機密のような何かを聞き出したいわけではない。今の状況を知りたいだけだ。

「城の中か?」

実のところ、ずっと住んでいた山城の名称は知らない。

勝千代という自身の名はわかっても、姓のほうは記憶にかすりもしない。

もっと言えば、父の名前すら憶えていないのだ。

わかっているのは、父の側室の桂殿と、異母兄の千代丸、名前も知らない叔父がいるということ。それから……世話役のヨネ。

「いいえ」

しばらくの逡巡の末、男はためらいがちに首を振った。

ならば多少は安全だろうか。

勝千代がほっと息を吐くと、男は若干顔を上げ、それでもやはり視線は合わないままに、読み取りがたい微笑みを浮かべた。

「ここには若君に危害を加える者はおりませぬ。ご養生ください」

「……そうか」

袖を離してほしいのだろう、困ったようにちらちら勝千代の手を見ているが、もう少し付き合ってほしい。

しかし、尋ねることを熟考しているうちに、次第に瞼が重くなってくる。

そろそろと袖を抜こうとされて、反射的にぎゅっと指に力を籠めた。

「若君」

相手を捕まえておくために眠気と戦っていた勝千代は、まったく別方向から聞き覚えのある声で呼びかけられてはっとした。

襖が開く音もしなかったし風の動きもなかったのに、いつのまにか狭い室内にもうひとり、黒装束が増えている。

襖の前で膝をそろえて座っているのは、乾飯をくれたあの男だ。

「そなたか」

あいかわらず背中に定規でも入っているかのように姿勢がよい。

乾飯の男に気を取られているうちに、捕まえていた男は袖を取り返して後方に下がってしまった。

「面倒をかけた」

まだ聞きたいことは山ほどあったが、やむを得ない。ターゲットを乾飯の男に替えて、しっかりと視線を合わせた。

「いえ、こちらも後手後手に回り申した。若君にこれ以上の危害が及ぶ前に動くつもりでしたのに」

「わたしのことはよい」

いや、本当はよくないが、今生きていて、身の危険がないのであれば文句はない。

見るからに忍者！　な彼らは、おそらくはこの時代だと乱破、素破と呼ばれる特殊技能職集団だろう。

父に仕えているのか、期限付きで雇われているのかはわからない。しかし、一族総出で召し抱えられているのでない限り、職種としては傭兵といえる。

だとすれば、金さえあれば雇えるだろうか。何かのついででもいいので、大きな街まで連れていってくれないだろうか。

勝千代は父の嫡男なので、本来であれば自身の立場を取り戻そうとするべきなのだが、中の人は安全第一、あの城から遠く離れるのが最もよいとわかっていた。

しかし今すぐは無理だ。この体調での長旅は、自殺行為としかいえない。


「どうなっている？」

主語も述語もなく、子供らしいつたない口調でそう問いかけると、男は「はい」と一つ頷いて居住まいを正した。

あれだけ姿勢がよかったのに、さらにきゅっと背筋を伸ばし、両手を行儀よく太ももの付け根あたりに置く。

「ヨネが若君をさらったと大騒ぎです」

「……足腰の悪い老婆にそんなことができるわけなかろう」

「実際はどうであれ、若君は消え、ヨネの姿もありません」

実際は小太刀を振り回して躊躇なく敵の首を刈り取ろうとする老婆なのだが、その辺のところはふたりともスルーする。

「若君がかどわかされたという噂が外部に漏れないようにされています。端の童が身支度を整えられ、部屋を与えられたようです。身代わりにしようというのでしょう」

「……なるほど？」

勝千代を排除したら、長男である千代丸を継嗣に、と言い出さないのが不思議だった。そのあたりにやはり何かあるのだろう。

「父上は？」

「若君のご無事はお伝えしております。すぐにも城に乗り込もうとなさっておられました」

「まだ早いな」

無意識のうちにこぼれた言葉に、内心しまったと口をつぐむ。どう考えても幼児の台詞ではなかったからだ。

「はい」

中の人はいい年した大人なので、口をつぐむことで続けて墓穴を掘る失態は避けたが、男はまったく気にしていない様子で同意した。

「いまだ札が出そろっておりませぬ。動機はともかくとして、何を目的としているのか。この先どうするつもりなのか。決定的な証拠も掴めておりませぬ」

勝千代は、その淡々とした口調に用心深く目を伏せた。

まるで大人を相手にしているかのような話し方をする。

勝千代は推定四歳だぞ。難しいことを言われて理解できるはずがないではないか。

まさか中の人の存在に気づかれたのか？　いや、だからといって、どうこうできることでもないが。

ふと、この子がごく普通の子供だったらと考える。あんなひどい目に遭ってきたのだ、見知らぬ人間など恐怖でしかないだろう。まともに言葉を交わすことすら難しいのではないか。

憐憫《れんびん》と、悔しさと。胸が引き絞られるような思いで、まだこの身体のどこかにいるかもしれない幼い子供に「大丈夫だ」と囁く。それはまるで、自身に言い聞かせているようでもあった。

「戻ったほうがよいのだろうが、死ぬ気しかせぬ」

勝千代は心を決めて、こちらを見ている忍びたちに視線を戻した。

しっかりと目が合ったのは乾飯の男だけで、もうひとりはこちらを見ているようでいて微妙に目を逸らしているように見える。

「まだ死ぬわけにはいかぬ」

はっきりとした口調でそう言うと、医者か薬師らしき男の視線がさっと勝千代に向いた。

その黒々とした瞳にあるのは、気のせいでなければ興味だ。

勝千代の特異性に気づいたようなのに、怯えも不審も見せないのはおかしくないか？

思えば乾飯の男も、最初から似たような反応だった。

「これ以上、若君を危険な目に遭わせるわけに参りませぬ」

乾飯の男はしっかりとした口調でそう断じ、勝千代から目を逸らすことなく頭を下げた。

いや、おかしいのはむしろこちらかもしれない。

あれだけの目に遭ってきたのに、目の前のふたりを「悪い男ではない」と感じている。

平和すぎる時代から来た弊害か？　それとももこの身体の主のもともとの気質か？

「……父上はなんと？」

「今は身体を休めるようにと」

「そうか」

ならば、その言葉に従おう。

勝千代はまだ三つ四つの子供。まともに身体を起こすこともできない病床の身なのだ。

男たちから目を逸らし、古い天井の梁をじっと見上げた。

今は言われた通り、体力回復に努めるべきだろう。いやむしろ、それしかできないと思う。

瞼を閉ざすと、たちまち周囲は闇に覆われる。

室内は灯明によりほのかに照らされているが、目を閉じてしまえば、そこにあるのは暗い闇だ。

近づいてくる気配はなかったが、身体に布の重みを感じて、肩まで布団を掛け直してくれたのがわかった。

布団といっても、この時代には分厚い綿の入ったものはまだなく、冬生地の着物を何枚も重ねただけだ。今の季節だとどうしても芯まで温かいとはいえない。

それでも精いっぱいの心づくしをしてくれたのがわかり、ほっと気持ちがほぐれていく。

この身体に入り込んでしまって以来、一度として気が休まるときはなかった。

初めて緊張を解くのが、名も知らぬ忍びの前だというのもおかしなものだ。

「すまぬ」

小さくつぶやくと、寝具を整えてくれていた手が止まった。

「……ありがとう」

前者は勝千代として、最後に口の中でこぼしたのは、中の人の心からの謝意だった。

時間の感覚があいまいで、寝たり起きたりの状態をしばらく繰り返し、ようやく物事を考えるようになったのは、正月だと餅を振る舞われた頃からだった。

薬師の男は弥太郎《やたろう》、乾飯の男は段蔵《だんぞう》というそうだ。

……まさか加藤《かとう》さんじゃないよね？

名乗られてまじまじと顔を見ていると、不思議そうに見返された。

いくら日本史に疎いとはいえ、男子たるもの、戦国時代に名をはせた何人かの忍びについては知っている。

伊賀、甲賀、風魔などは誰でも聞いたことがあるだろう。

服部半蔵《はっとりはんぞう》とか、百地丹波《ももちたんば》とか、風魔小太郎《ふうまこたろう》とかね。

加藤段蔵も有名なひとりで、色々と逸話の多い人物だ。

実在したのかとか、伝わっている話が創作でないのかとか、そんなことはわからない。

ただ、本当に目の前にいるのが加藤段蔵なら、今の年代のおおよその当たりがつくかと期待したのだ。

よくよく考えたら、この時代は親子で名乗りが一緒だったり、代々の当主の名前が同じだったりするから、年代といってもガバガバもいいところなんだが……段蔵と聞いた瞬間は有名どころの戦国武将の名前が脳裏をよぎり、ちょっと興奮した。

けれども残念、段蔵さんの名字は常森《つねもり》というらしい。

いつもにこやかな弥太郎さんのほうは、縁がある多賀《たが》村の名前を名乗ることが多いそうだ。

さりげなく聞き出した今の帝や将軍家のことについては、まったくピンとこなかった。唯一わかったのが足利将軍家の時代だということだ。高校の社会は世界史を選択したので、そもそもたいした知識がないのだ。

近隣の有力な武将も知らない名前が多く、名字に聞き覚えがあっても下の名前と合致しない。

この時代、コロコロ名が変わるし、後世に伝わっているのは諱《いみな》で生前は別名で呼ばれていたりするから、実は有名どころもいるのかもしれないが、世界史選択の理系人間がそこまで細かく覚えているはずもない。

唯一役立ちそうな情報が、ここが今川《いまがわ》氏の勢力範囲内で、父がその配下の武将だということ。今、父が布陣しているのは、信濃との国境付近らしい。

今川氏といえば、織田信長《おだのぶなが》に夜襲をかけられて首を取られた、なんとかという当主のことしか知らない。

今の尾張の守護は斯波《しば》氏らしいから、かろうじて知識の中にある戦国時代よりもかなり前なのではないかと思う。

まあ、今の年代がわかったとしても、できることは何もない。

勝千代は脆弱な子供であり、その日生き延びることすら怪しい状態だったから。

不審に思われないためにも、根掘り葉掘り聞く内容は多岐にわたり、その多くが弥太郎の薬草知識についてだった。

最初は、無邪気な子供の「あれなに」攻撃で惑わすための質問だったのだが、もともと興味がある分野でもあり、火傷の跡を薄くするという湿布薬だとか、抗炎症薬だとか、聞けば聞くほど奥が深くて面白かった。

今日も今日とて、煎じ薬をゴリゴリするのを手伝わせてもらい、ご褒美だと干し柿をもらった。

忍びであろうと武家であろうと、にこにこ笑顔を浮かべると相手も笑顔を返してくれるものだ。

特に勝千代は頑是ないといわれる年頃の幼子だし、大人の知恵で多少あざとく、嫌われないよう立ち回ってもいたので、直接世話をしてくれる弥太郎だけではなく、そのほかの忍びたちもなにかと気にかけてくれるようになった。

数日顔を見なかった男が、汚れた旅装のまま近寄ってきて、懐から干菓子を取り出したときには申し訳ない気持ちになった。

なぜなら、その男の腕が片方なくなっていたからだ。

干菓子よりも、その腕をきちんと持ち帰ってほしかった。そう言うとやさしく笑って、無事なほうの手で頭を撫でてくれた。

わかっていたことだが、生きていくには厳しい時代だ。

個としてなら善良な人もいるだろう。しかし、いったんその範疇から出てしまうと、恐ろしいほど世間の荒波は険しい。

いつもにこやかに笑ってくれる忍びたちだが、雇い主から命じられたらきっと、ためらいなく勝千代の首を刎《は》ねる。

そういう厳しさが自身にないことを、早々に自覚できてよかった。

平和な時代の記憶が強すぎるのだ、武家の嫡男としては失格だろう。

家名を捨てて商人にでもなるほうが、よっぽど幸せな人生を送れるに違いない。


「坊《ぼん》」

軒下に座って干し柿をかじっていると、畑仕事をしていた子供たちが寄ってくる。

まるで一番年下であるかのように、ボンと呼ばれているが、五人ほどいる子供の中には歩きはじめたばかりの乳飲み子も交じっている。

いまだに長時間立っていることすら厳しい勝千代と違って、農作業の手伝いもその他の仕事も、手慣れた様子でこなす働き者たちだった。

うらやましそうに見つめられたが、小さな干し柿なので全員に分け与えるほどの量はない。

ちょっと考えて、残りをいくつかに裂いて、小さな子たちに手渡した。

「悪いな！」

達者な口ぶりでそう言って、ものすごく嬉しそうに笑うのは、おそらく子供らの最年長である与《よ》平《へい》だ。自分の口には入らなかったのに、邪気なくそう礼が言えるのは、兄貴分としての自覚があるからだろう。

最年長といっても、おそらく千代丸よりは年下だと思う。

褒めてやりたい気持ちになって、ずいぶんと上のほうにある与平の頭をナデナデする。

「なんだよ」と口をとがらせながらも、勝千代の手をよけようとしないその屈託のなさが、子供らしくて微笑ましい。

「皆、畑仕事は終わりか？」

「うん」

「そうか。ご苦労さま、よく頑張った」

褒めると子供たちはとても嬉しそうに笑う。こちらを見る目には一片の曇りもなく、無邪気で愛らしい。

しかし、彼らはおそらく忍びの子だ。十年もすれば皆、段蔵たちのように厳しい戦国の世へ踏み出していく。

果たして何人が生き残れるのだろう。

想像しただけで、ぎゅうと胸が締め付けられる。

「どうした？　どこか痛むのか？」

長く臥せっていたことを知る与平が、心配そうに顔を覗き込んできた。

勝千代は胸を押さえていた手を離し、いいや、と首を左右に振る。

「そうだ、これヨネさんに」

与平が懐から取り出したのは巾着。口を開けて、中から出してみせたのは茶色い細長いもの。初見では何かわからない。

「鹿肉の干したやつ。ちょうど食べごろだから、母ちゃんが持っていけって」

渡された干し肉はまるで木の皮のようで、カラカラに乾燥していて硬かった。

戦国時代、肉類はほとんど食べることはなかったと習った気がするが、勝千代がこの村に来てから何度か膳に上がった。

村人の体格が比較的いいのは、獣の肉を長期保存する方法を知っていて、動物性たんぱく質を定期的に摂取しているからかもしれない。

それはそうだ。飢えた人間が「殺生は罪」とか「獣肉は不浄」とかそんなことを考えるわけがない。目の前に美味そうな猪や鹿がいれば、腹を満たすために狩るだろう。

勝千代は巾着をだいじに懐に収め、そのゴロゴロした重みに顔をほころばせた。

「いつもすまない」

「いいってことよ。早くよくなったらいいな」

この村に来て数か月。

勝千代の身体が回復していくにしたがって、ヨネが次第に寝込むようになった。

果たして塩っ辛い干し肉が病人によいかどうかはわからないが、獣の肉は精がつくと考えられているのだ。与平とその母の気持ちが嬉しい。

しかしここ数日、お粥でさえ喉を通らない。

歯がなくても噛み切れるぐらい煮込んだとしても、飲み込めなければどうしようもない。

子供たちは、気落ちする勝千代を口々に励ましてくれる。

もはやろくに物を飲み込むこともできないと泣き事を言うと、同じように涙目になって悲しげな表情になる。

いい年をした大人である中の人は、そうやって幼い子供たちに気持ちを吐露するしかない非力さが悔しかった。

ヨネの容体については、体力がもつかどうかだと言った弥太郎の言葉は間違ってはいないと思う。

この寒い冬のさなかに風邪をひき、起き上がることができなくなった。

日に日に食べる量が減り、水分すらろくに取れない状況なのだ。


「そうかぁ、食えねぇのかぁ……米をとろっとろに煮込んでもダメか？」

「重湯なら少しは」

「芋がらとった里芋がちいっとは残ってるかもしんねぇ。行ってみるか？」

芋がらとは、端的に言えば里芋の茎を乾燥させたもののことだ。非常食として優れていて、日持ちもする。

この時代、稲作に向かない土地でよく育てられていた。

「次の春用の種イモだろう？　掘り起こしてしまうわけにはいかないよ」

「いんや、畑の横の斜面にまだ取ってねぇ孫芋ができてることがあるんだ。焼いたらうめぇんだよ。蒸してもええな」

重湯ですら少量しか口にできないので、里芋などなお無理だろう。

そう思いはしたが、子供たちの気遣いが嬉しくて。

勝千代は、差し出された手を握り返し、立ち上がった。

同じぐらいの背丈の女童《めわらわ》に手を引かれ、あぜ道を歩いた。

雪の積もった道は足元が悪く、草履の底がずるずると滑る。

それほどの距離ではなかったが、傾斜があるのでなお息が上がった。

「だいじょうぶ？」

まだ歩きはじめたばかりの、見るからにテコテコとおぼつかない足取りの童が、勝千代より速い速度で先を行く。

目的地まで半分もいかないうちに、一度休憩しようと言われ、情けなさのあまり泣きたくなった。

自分より背の低い童に「背負おうか」と尋ねられ、首を振る。

どうひいき目に見ても、自身の身体が年齢にしてはずいぶんと小柄で、脆弱だということはわかっていた。

忍びの子と比較しても仕方がないが、これは早々に解決しなければならない問題だ。

このまま武家として生きていくにせよ、身を引くにせよ、こんな短距離で息が上がっているようでは戦国の世で生きていけない。

休憩のあと、さらにしばらく斜面を登ると、一面雪野原の畑に出た。

あぜ道だけがぬかるんで黒く、足跡のないまっさらな雪が畑を覆っている。

落葉した木の陰に雪の積もっていない岩があり、そこに座っているようにと言われて、勝千代はゼイゼイと荒い息を吐きながら頷いた。

できるなら率先して動きたいが、いかんせん、体力がついていかない。

息が整うまでは休ませてもらおうと座り込んでいると、小さな子たちが素手で山に続く斜面の雪を除けはじめた。

どうやって掘るのだろう。

興味深く見守っていると、年長の子らが枯れ木を何種類か取ってくる。

雪で湿っているはずだが、与平が手際よく熾《お》こした種火に近づけると、半分ほど茶色になっていた笹からパッと炎が上がり、次いで枯れたブッシュのような細い枝に燃え移った。

火傷をするのではないかとハラハラしたが、あっという間に焚火の完成だ。

そしてそれで何をするのかというと……ただ勝千代が寒くないようにとの心遣いだった。

「今年はまだ雪が浅いから、土が柔《やわ》い。掘るのにそんなに時間かからんと思う」

「でもじっとしとったら寒いから」

幼い子供たちの、たどたどしく不器用な口ぶりが、四十路男の涙腺にクリティカルヒットしたとしても仕方がないと思う。

とはいえ、雪を退かした斜面を掘るにはそれなりの時間と根気が必要だった。

耕地ではないので石粒や木の根がたくさんあるし、そもそもシャベルなどない時代だ。硬い土を掘るために木の枝、尖った石、中には素手で土を掻き分けている子もいる。

「あった！」

途中から勝千代も参戦して無心に掘っていると、そう深くない位置に小芋がいくつかあった。周囲には白い柔らかな根が張っていたので、かなり見つけやすかった。

パッと表情を明るくして顔を上げる。

年甲斐もないと笑わないでほしい。こういうことは、年齢に関係なく楽しいものだ。

小芋を両手に持って、肩を並べて掘っていた子供たちに見せようとして……。


目の前に、与平の背中があった。

与平より少し背の高い女童が、ぐいと勝千代の腕を掴んで立たせる。

何が起こっているのか、わからなかった。

寸前までの楽しい空気が霧散し、びゅうと吹きすさぶ風が急に冷たくなったような気がした。

与平が後ろ手に、斜面のほうに身を寄せろと指示を出し、勝千代より幼い子たちが団子のように身体を押し付けてくる。

押されるようにして斜面に背中をつけると、頭上からパラリと雪が落ちてきた。

ハッと視線を上げると、そこにいたのは屈強な武士たち。木の枝を握り、崖の上から見下ろしてくる目つきは鋭い。

勝千代は、そこまできてようやく、与平が対峙する武装した集団の存在に気づいた。

十人以上はいる。

一気に顔から血の気が引いた。

盗賊の類いか？　いや、それにしては身ぎれいだ。まさか桂殿たちの追っ手だろうか。

勝千代に寄り添っているのはそろいもそろって幼い童ばかり、彼らを巻き込むわけにはいかなかった。

「……与平」

決意を込めて名を呼ぶ。

「もういい、下がって」

頼りがいのある兄貴分は、勝千代の怯えを察したのだろう、動かない。

その肩に手を置こうとして、いまだ小芋を持ったままだということに気づいた。

両手で握った戦利品と、土の入り込んだ爪先を見ているうちに、じわじわと沸き起こってくるのは憤りだ。

「何者か」

大の大人がそろいもそろって、幼い子供たちを取り囲んで何をしているのだ。

思いのほか強い声が出た。

ざっと大人の視線が勝千代に集中する。

腹の下に力を入れて恐怖を抑え込み、中央のリーダーらしき男にまっすぐ顔を向ける。

「野盗の類いでないなら、子供を怯えさせるな」

「……福島《くしま》勝千代殿か？」

野太い声で問いかけられて、顔をしかめる。

いや知らんし。

そう言ってやりたいのを我慢して、深く息を吸う。

初めて聞く名字だが、名が勝千代なのは確かだ。肯定する要素はないが、否定する要素もなく、おそらくそれが彼の正式な名前なのだろう。

「もう一度問う。何者か」

若干イラっとしながら問い直すと、相手は少しの間を置いてから、周囲に目配せをした。

「……我らは」

「約束の日にはまだ時間があると思うておりましたが」

野太い声を遮ったのは、同じように低いが、こちらはひどく平坦な声だった。

「大人数で幼い童らを追い込むとは、穏やかでありませんな」

十数人いる武士を、さらにぐるりと取り囲むのは、段蔵と、村に住む大人たち。

「若君のお身体がよくなってから……少なくとも春までは様子を見ようとのことでしたが」

村人たちは皆、農作業をしていたままの服装だが、手に持っているのは農具ではなく、ミスマッチに物騒な長物だ。

段蔵も商人のような特徴のない装いだったが、その左手には黒い鞘の刀があった。

「素破ごときが！」

武士のひとりが吐き捨てるように言う。子供の前でと顔をしかめたのは勝千代だけで、ほかの皆は表情すら変えない。

「我らは命じられて若君を預からせていただいております。問題があるなら殿に直接仰られては」

段蔵は滑らかな足取りで武士たちの間に分け入り、黒塗りの鞘で彼らを牽制した。

同時に、野良着の村人たちが素早く動き、子供たちを守る位置に体をねじ込む。

勝千代をさっと抱き上げたのは、いつのまに近くに来ていたのか、薬師の弥太郎だった。いきなり立つリーダー格の男から目を離さず、さすがな身軽さで安全圏まで退く。

「おい！　きさまらのような下人が触れていいような御方ではない！」

勝千代は、薬草の匂いのする弥太郎の着物をぎゅっと掴んだ。

軍手などはないので、雪が染み込んだ土は泥になり、爪先に黒く入り込んでいる。そのままの手で後ろ身頃を掴んだので、弥太郎の背中は泥で汚れてしまった。

それに気づいて手の力を緩めると、握り締めていた小芋がポロリと雪の上に落ちた。緊迫した状況なのに、転がっていく小芋の行方が気になって目で追う。

視線を動かすと同時に、子供たちの表情がまだ険しいままだということに気づいた。

大人が来てくれたと安心する様子はない。

与平は懐に手を入れて、一番背の高い女童は帯の結び目に触れて、勝千代より小さな幼子ですら、腰を低くして身構えている。

……芋を惜しんでいる場合ではなかった。

勝千代は一度ぎゅっと目を閉じてから、呼吸を整えた。

可能な限り平静さを保ちながら、ゆっくりと瞼を持ち上げ、かなり物騒な雰囲気と化している周囲に視線を巡らせる。

段蔵らの数は、子供らを除けば二十人ほど。対する身なりのよい武士たちは十五名に満たない。

うまく立ち回れば、穏便に話で片が付くかもしれない。

勝千代は改めてそう心を落ち着かせ、大きく息を吸ってから口を開いた。

「……まず名乗り、端的に用件を申されよ」

コアラのように弥太郎にしがみついたままなのは、勘弁してほしい。

だが腹が立っているのは事実だ。里芋をヨネに食べてほしい、そんなささやかな願いを踏みにじられて、じっとりと目が据わる。

「我らは」

「その前に、刀を収めてください」

リーダー格の三白眼が、強い視線で勝千代を見てくる。

ちょっと……いやかなり怖いので、申し訳ないが汚れついでに、弥太郎にしがみつく手に力を籠めた。

「幼い子供の前で大人げないのでは？」

段蔵たちは刀を抜いていないが、武士たちの何人かは抜刀し、あるいは鯉口を切って構えている。

そんな物々しい状況から、子供たちを引き離すことが先決だった。

渋々と武士たちが刀を収めるのを確認して、そっと弥太郎の肩に頬を押し当てる。

相手にそこまでの敵対心がないことがわかり、ほっとしたのだ。

「段蔵」

「……はっ」

「ふたりだけ案内致せ。話は家のほうで聞く」

「かしこまりました」

「勝千代殿！」

勝千代は、なおも何か言おうとしている武士から目を背けた。

全身が震えていることに、弥太郎は気づいているだろう。

恐ろしかった。自身の危険よりも、小さな子供たちを巻き込んでしまうほうが怖かった。

いや、子供たちだけではない。勝千代の脳裏をよぎるのは、片腕を失った男のことだ。

あの武士たちが戦いを選べば、村の者たちのすべてにその危険が及ぶ。片腕では足りず、命まで失う者も出てくるだろう。

そっと背中に手を添えられて、長く息を吐く。

動揺している自覚はある。せめてあの三白眼を真正面から見返せるように、気持ちを落ち着ける時間が必要だった。

勝千代が滞在しているのは段蔵の屋敷で、この村の庄屋である。

質素だが造りがしっかりしていて、村で最も大きな建物だが、大勢の客をもてなすようにはできていない。

　勝千代が暮らす母屋の一室が本来の客間らしく、用意ができるまでふたりの武士たちを寒空の中待たせることになってしまった。

　芋掘りで上がった体温は、屋敷に戻る頃にはすっかり冷え切っていた。

　盥《たらい》の水に湯を混ぜ、湯気が出ている中に足をつける。

　弥太郎が手足の泥を丁寧に落とし、手ぬぐいで拭いた。

「ご心配なさらずとも、我らがお側についております」

　見かねるほど震えていたからだろう。水気を拭いながら、ぎゅっと手を握ってくれる。

　寒い。血の気を失った指先は、湯で温めても氷のようだ。おそらく顔色も相当に悪く、震えがなかなか収まらない。

　こんな時代だ、死は常に身近にある。

　しかし、己の不用意なひとこと、考えなしの言動で、大勢に災禍が及ぶかもしれないと考えると、恐ろしくて仕方がなかった。

　おそらくこの時代、個々の命の重さを認識している者は多くない。いたとしてもそれは、自身の属するコミュニティの敵ではない者たちだけが対象だろう。

　敵も味方も、人の命は等しく大切なものである。そんな、平和な日本の価値観は、あんな辛酸な目に遭ってさえ、根本の部分では消えることはなかった。

　さらに考えを進めると、もっと恐ろしいところに行きつく。

ここが現代日本につながっている過去なら、たったひとつの些細な行動が、取り返しのつかない結果をもたらしかねないと気づいたのだ。

人の命は脈々と受け継がれていく。命が紙のように軽いこの時代で、勝千代のせいで失った命の行く末は、いったいどうなってしまうのだろう。

たとえば誰かの子供の子供の子供、続いていく命が存在する未来と、その大元がさっくりと断たれた未来。中の人やその妻、いずれ生まれたかもしれない子供の命をも、なかったことになるのではないか。

考えても仕方がないとわかっていても、一度思考のループに陥ってしまうと、そこから動けなくなる。

勝千代は余計なことをいったん頭からすべて振り払った。

ウダウダと悩んでいる暇はない。

連中は段蔵らを「素破」と呼んだ。つまりは忍びだと知っていたのだ。

武家が忍びの村をそうとわかって放置するだろうか。

これからどうなるのかと考えると、不安で手が震える。

だが怯えている場合ではない。与平を、村の子らを巻き込むわけにはいかない。

「岡部《おかべ》二郎《じろう》と申す」

部屋に案内するなり、自ら下座で胡坐をかいて座り、頭を低くするのは先ほどの三白眼だ。

勝千代は少し遅れて上座にひとりで座り、心細さを押し殺した。

「御台様の書簡を預かって参りました」

偉い殿様の正室がそう呼ばれるのだと知ってはいるが、勝千代にはそもそもの根本的な知識が欠けている。

岡部がわかっていて当然のように言う「御台様」のことを、欠片も知らないのだ。

一般的な三、四歳児であれば当たり前のことかもしれないが、大人の自覚がある中の人にとって、その欠落は不安でしかなかった。

弥太郎が書簡を受け取り、膝でにじり寄るようにして運んでくる。

第三者を介するほどでもない距離なのだが……ものすごく偉い人になった気がして、尻が落ち着かない。

運ばれてきた書簡は、さらに段蔵の手に渡った。包まれていた紙を開き、折られているのを丁寧に伸ばし、それでようやく勝千代の手元にやってくる。

段蔵の姿勢のよさがここでも遺憾なく発揮され、部屋は狭いのに、やけに格式ばって見えた。

勝千代は、広げられた書簡に目を落とした。

真っ先に感じたのは、草書体の美しさだ。特にかな文字が流麗で、ひと目で教養ある女性の手だとわかる。

実は、中の人の趣味特技は書道なのだ。子供の頃から習っていて、一般の人には難解な草書も、なんなら篆書《てんしょ》も、ある程度読むことができるし書ける。これは親に感謝するしかない。

勝千代はまだ幼いので、文字を読めずともまったく問題はないのだろうが……。

その書簡は、幼子に向けたものとは到底思えない、丁寧な時候の挨拶から始まっていた。

読み進めていくうちに眉間にしわが寄り、さほど長くはない文面に目を通してから、最後の「福島勝千代どのへ」と書かれた行で視線を止める。

それが勝千代のフルネームだろうとは思うが、福島、ふくしま？　先ほど岡部は「くしま」と言っていなかったか？　とクエスチョンマークが頭をよぎる。

だがそれよりももっと重要なのは、一行前だ。

年号は永生。続く差出人の署名は……。

そこにあるのが、今の勝千代にとって価値ある重要な情報なのは確かだが、そもそも日本の年号について詳しくないし、署名の部分も崩し字の花押で判別しがたい。

手がかりにならない手がかりをいくら眺めても、答えが出てくるはずはなく、やがて諦めて別口から情報を読み解こうと書簡の冒頭に戻った。

さらに三度ほど読み返してから、じっとこちらを見守っている三白眼、岡部二郎とやらに視線を向ける。

「これはまことのことでしょうか」

「……はっ」

相手も、まさか幼い勝千代が書簡を読み進め、直接問いただしてくるとは思わなかったのだろう。

返答までに少し間が空き、目つきの悪い三白眼にちらりと興味の色がよぎる。

「……兄ですか」

書簡には、勝千代の双子の兄が病死したとあった。

急にそんなことを言われても、己が双子だということも知らなかったし、そもそも同腹の兄弟がいることすら聞いた覚えがない。もちろん中の人の記憶にないだけかもしれないが、おそらくだが幼い勝千代に誰もその話をしなかったのではないか。

同い年の幼子が死んだことへのやるせなさ、この時代の命の儚さに切ない思いは湧き上がってくるが、双子という特別な間柄の兄弟を亡くしたことについては……まだよくわからなかった。

書簡には、兄の養母、つまりは「御台様」のもとに来てくれないか、という内容が切々と刻まれていて、文字の美しさと相まって、子を亡くした母への同情心が募る。

しかし、わざとのように崩された署名の部分を見ていると、なんとも表現しがたい、ざらりとした不穏な気配を感じた。

書簡を読んだだけでは解決しないそれらの疑問を、直接岡部に問いただしていいものか。

「……見ておわかりかと思いますが、それほど丈夫な質ではないのです」

しばらく悩んだ末に、出した結論は無難なもの。必殺……先延ばしの術だ。

「体調が万全ではありませんので、もう少し、気候がよくなってからにでも……」

養い子を亡くしたことへの同情心はあるものの、即座に頷くことはできなかった。

なにより、ポンコツなセンサーが不穏にアラームを鳴らしている。珍しく仕事をしようとするそのベルの音に、逆らうのはまずい気がする。

「勝千代殿！」

にじり寄るそぶりを見せた岡部を、軽く手のひらを向けて押しとどめた。

「わたしは兄ではありませぬ」

こういうときはきっぱりと、有無を言わせず断るほうがよい。

勝千代が毅然として言い切ると、岡部は怯んだように黙った。

「双子なら似ているのでしょうが、御台様の養い子ではありませぬ。下手に似た者がお側に上がって、悲しみを増長することになりはしませんか？」

いずれ対面することはあるかもしれないが、それは今ではない。

向こうもだが、勝千代のほうも、心身ともに落ち着いてからのほうがいい。

「返書をしたためますゆえ、しばらくお待ちください」


段蔵が素早く用意してくれたのは、御台様の書簡に比べると手触りがゴワゴワしていて、黄色味がかった紙だった。

筆も質が悪く、書いていて何度も引っかかる感覚がある。文句ばかりで申し訳ないが、墨もざらつきが強く、どんなに擦ってもきれいには溶けない感じがする。

もちろんそんなことを口にはしないが、慣れ親しんだ現代の書道具に比べて品質が落ちるのは明らかで、やけに水を吸い滲む紙にまともに文字をしたためるのにも苦労した。

とはいえ、この時代に紙は貴重品なのだ。失敗しないよう慎重に書き綴り、失礼にならない程度の手紙を仕上げるのにかなり時間を要した。

なんとか書き上げ、少し距離を開けて眺める。

この時代に来て初めての書道だが、満足できる出来とは程遠い。

手がまだ小さく、うまく動かせないということはもちろんあるが、それよりも問題なのは紙質だ。全体的な文字の滲みは見苦しいほどだったが、紙を浪費するわけにいかないし、客を待たせてもいるしで、書き直すのは我慢する。

筆を置き、乾くまで待とうと顔を上げて……。

そこで初めて、大人たちがあ然として自分を見ていることに気づいた。

どうしてそんな目で見られるのかわからず、こてりと首を傾げる。

……あ、まずいかも。

すぐに理由に思い当たった。まだ三つ四つの幼子が、達者に文字を書けるはずがないのだ。しかも手習いしたてのつたなさではなく、仮名漢字交じりの長文である。

誤魔化したくとも、すでに時は遅し。

考えなしの行動で墓穴を掘ってしまった、最初の出来事だった。

ヨネの容態がよくないと聞いたのは、岡部が去ったその日の夕刻のことだった。

聞いてすぐに駆け付け、毎日見舞いに来ていた部屋にいつものように足を踏み入れる。

木襖を開け、一歩中に入った瞬間、そこに漂う言葉にできない何かに息を詰まらせた。

強めの薬草の匂いと、何故かはっきりと感じる雨の匂い。

まさにそれが、勝千代が強くイメージする死の匂いだったのかもしれない。

背後でそっと、弥太郎が木襖を閉めた。部屋の温度を下げないためだろう。

この時代、湿度のことを気にする医者はまだいないと思っていたが、長火鉢に置かれた鉄瓶からは湯気が立ち、側の桶には湿らされた手ぬぐいが何枚か掛けられている。

板間に敷かれた寝具には、やせ細った小さな老女が横たわっていた。髪は真っ白、しわとシミだらけの顔は骸骨のようだ。

「……ヨネ」

眠っている彼女を起こす気はない。

しかし、生きているのか不安を感じるほどに、その顔に生気はない。

そっと呼びかけて、やつれた頬に手を伸ばす。触れる前に、かろうじて胸が上下しているのに気づき、結局その手は膝の上に戻した。

ヨネが何歳なのかわからないが、かなりの高齢なのは確かだ。特に彼女には前歯と舌がなく、食事の面でも常人並みとはいかない。

かなりの高齢だということもあり、いったん体調を崩してしまえば、回復が難しくなるのは仕方がなかった。

肌で感じ取れるほどに、死の気配が近い。

そしてそれは、勝千代にはどうしようもないものだった。

中の人に未来の知識があっても、医者ではない。薬もない。そもそもどんな病気で、どういう治療が必要かすらわからない。

勝千代はじっと病床の老婆を見つめてから、向かいに座る弥太郎に縋るような目を向けた。

弥太郎は少し眉尻を下げ、困ったように微笑む。

この厳しい時代の中で、長く生きたほうなのだろう。特に晩年は、勝千代のことで大変な苦労をさせてしまった。

申し訳なさに鼻の奥がツンとする。

「……あとどれぐらい？」

「夜は越せないでしょう」

「……っ」

言いかけた言葉を飲み込む。

弥太郎を責めても仕方がないことはわかっている。

実際彼はよくやってくれた。縁もゆかりもない、しかもひと目で下人か端《はした》とわかる老婆を、親身になって世話してくれた。

起き上がれなくなった彼女に食事をとらせ、身体を清潔に保ち、排せつなどの面倒も見る必要があっただろう。

「そうか」

勝千代は、静かにそう言った。それだけしか言えなかった。


渡された深皿には少量の水。その脇に、水を含ませた小さな布が添えてある。

まだヨネは死んでいない。しかし、それは末期の水だ。

促され、ささくれだった唇を湿らせる。

手が震えた。鼻の奥も目の奥も痛んだが、涙は出なかった。

そしてその薄い瞼は二度と開くことなく、夜が白みはじめる頃、彼女は静かに黄泉平坂を下っていった。

勝千代は無言で板間に正座したまま、細い息が途絶える最期の瞬間まで見守った。

冷えた体が熱っぽく、体調が悪いのは自覚していたが、頑としてその場を離れなかった。

それが、彼にできる唯一の恩返しで、唯一の孝行だった。


「ヨネからこれを預かっております」

もはや目を開くことのない彼女の顔をじっと見ていると、ずっと背後に控えていた段蔵が黄ばんだ紙で包まれた書簡を差し出してきた。

それは、ヨネからの初めての、そして最後の手紙だった。

利き手の指が半分以上欠けている彼女に、字が書けるはずはない。読むまでは代筆を頼んだのだろうと思っていたが、半ばまで目を通す頃には違うとわかった。

かつて彼女は、とある御家に仕える武家の妻女だったそうだ。戦で主家を失い、夫は戦死、子供とも生き別れになった。

乳飲み子を失ったヨネには、母のいない勝千代が、まるで自身の子のように感じられたと書いてあった。

時折文字が歪み、滲みも多いが、欠けた指で一生懸命書いたのだろう、丁寧な書体であり文面だった。

「若君に文字をお教えになったのは、この方なのですね」

弥太郎がしみじみとした口調でつぶやいた。

勝千代は否定することなく、最後まで読み進める。

そこには下級武士の妻女と書かれていたが、違うだろう。仮名だけではなく、漢字も交じった書体は、男性並みの教養がなければ書けないものだ。

そういえば、ヨネの愛用の小太刀は、彼女の見た目に似つかわしくない、しっかりとした造りをしていた。

いいところの武士の妻だったのに、晩年は厳しい端の暮らしを強いられていたのか。

それが戦国か。無情なものだ。

体力のない勝千代は、その後の埋葬を見届けることができず、しばらく寝込んでしまった。

気づくと、熱を持った目で暗い室内を見回していて、もはやこの世のどこにもいないヨネを探している。

耳を澄ませばあの「うーうー」という声が聞こえてきそうで、熱のある勝千代の顔を心配そうに覗き込んでいるのではと夜中に何度も目を凝らした。

真冬の風が優しくない音を立て、ガタゴトと家を揺らす。

勝千代はそれを心細いと感じる自身を許容し、愛してくれた老婆の死をひとり悼んだ。

まどろみの中、歯がないはずのヨネが、笑顔でおにぎりを頬張る夢を見た。

黄泉の国で、彼女は腹いっぱい食べているだろうか。死別した夫と、再会できただろうか。生き別れたという子供とともに、親子で仲良く暮らせているとよい。

「坊」

何日か後の夕暮れ、一仕事を終えた与平が見舞いに来てくれた。

庭先から勝千代の顔をまじまじと見てくる少年は、遠慮するなと言っても、汚れているからと言って部屋には上がらない。

彼が持ってきてくれたのは、きれいに洗われた小芋だった。小脇に抱えられた籠にはゴロゴロと小さな芋が入っていて、その数も一つや二つではない、二十個近くある。

あの日、中途半端に終わった芋掘りの戦利品だろう。

これを食べてほしかったヨネは、もうこの世にいない。彼女のことを思い出すと、喪失感と寂しさで胸が潰れそうになる。

与平は離れた位置から勝千代の顔をじっと見て、何かを納得したように頷いた。

「床上げしたら墓に参ろうな」

「……そうだね」

「芋と握り飯を供えてやったらきっと喜ぶ」

今の時代、人の命は軽い。

たかが世話役の端《はした》ひとり。死んだところで気にする必要はないと言われてもおかしくなかったが、誰もそんなことは口にしなかった。

命が軽く扱われる世界だからこそ、身内を失う悲しみを知っているのだろう。

手を振って帰っていく少年の後ろ姿を見送る。

そう遠くない未来、忍びとして生きていくのだろう彼が、ひどい怪我をしたりつらい境遇に遭わないとよい。

代々それで食いつないできたのだろう彼らに、忍び働きはやめろなどと言う権利はない。

ただ友人として、若い彼の行く末に幸あれと願うだけだった。

第三章　謀略

「勝千代どの！」

十日ほど寝込んで、ようやく床上げした頃、やたらと大きな声の客が来た。

以前はあんなにも恐ろしかった三白眼を、にこにこと笑みの形にほころばせ、大声で勝千代を呼ぶのは岡部二郎だ。

「御台様より預かって参りました！」

差し出されたのは、薄い上物の紙に包まれた書簡。

また……？　と内心思ったが、口にはしなかった。

「お身の回りの道具類も、色々と持って参りましたぞ！　もうご不自由はおかけしませぬ」

今回も岡部は大所帯で山を登ってきていた。違うのは、武装しているものの殺伐とはしておらず、荷馬に引かせた台車がいくつもあることだ。


武士たちが無頓着に荷物を庄屋に運び入れ、どんどんと長持ちを積み上げていく。

中身は千代丸が着ていたような上等の着物類や、塗り物の茶碗や箸。脇息や衝立まである。

中の人的には平安時代風にも見える、高級そうな品々ばかりだ。

どうだ！　と、こちらが喜ぶと信じ切った表情の岡部に、勝千代は如才なく微笑む。多少引きつっていたかもしれないが、気づかれてはいないと思う。

……察してほしいが、無理だろうな。

村人たちが遠巻きにこちらを見ている。その視線があきれたように見えるのは、気のせいではないだろう。

どこぞの嫁入りでもあるまいし、豪華な道具類など不要だった。庄屋はそれほど広くはないので、むしろ荷物の置き場に困る。

はっきり言って迷惑としか思えなかったが、それを悟らせるわけにはいかなかった。

おそらくは大身の正室なのだろう「御台様」にとって、このぐらいは賄賂でも施しでもないのかもしれない。

だがこれだけの贈り物を目の前にすると、それが逆に厚意だと思えなくなってくるのは、中の人が純粋な子供ではないからだろう。

ゆえに今回も、勝千代ができるのは、渡された書簡を読み無難に返礼を書くことだけだった。

「前回の書簡に、ずいぶんと感心なさっておられましたよ。本当に勝千代殿が書いたのかと、何度も聞かれ申した！」

普段この家はとても静かなのだが、岡部は声も大きければ足音も大きい。慣れないその大声はわんわんと頭蓋に響き、眩暈がしそうだ。

昔の武士は、声が大きいことが必須だったと聞いたことがある。戦場では必要なスキルかもしれないが、このレベルの大声を出すのは常人には無理だろう。

そう断言できてしまうほど、岡部の声は常識外れに大きかった。校庭にあるスピーカーに直接耳を当てたようだと言えばわかってもらえるだろうか。

早速返書を書くので、少し下がらせてもらうと言うと、岡部は思い出したように顎を撫でた。

「そういえば、書き物の道具もどこかに……」

え、書き物道具？

「透かしの入った京物の紙がどうとか、筆がどうとか。祐筆用の硯ではなく、御台様がいつか使おうと誂えておられたものをいくつかお持ちしたはずです」

「どの長持ちでしょうか」

食い気味に尋ねると、岡部は楽しそうに笑った。

「少々お待ちを」

目的のものを探し当てるまでに、数人がかりで長持ちをいくつも開けなければならなかった。

そしてようやく発見できたその一式は、勝千代の目からしても素晴らしい造りの品々だった。

「すごい」と言ったきり、感嘆のため息を漏らすばかりの勝千代に、岡部だけではなく大人たち皆が微笑ましそうに目を細めている。

段蔵にその長持ちを持ってもらい、いそいそと下がる勝千代の後ろ姿を、村の大人たちはいくらかほっとしたように見送っていた。

勝千代はそれに気づいていたが、知らぬふりをした。

この村の人々は、ヨネを失いふさぎ込む彼を、ただ黙って見守ってくれた。少しでも浮上したところを見せて、安心してもらいたい。

「若君」

うきうきと上等な墨を摩っていた勝千代は、常に低いその声の、常ならぬ不穏さを感じて手を止めた。

「ひとつだけ、よろしいでしょうか」

なんだろうと顔を上げ、真正面からその目を見返して、思いのほか険しい段蔵の表情に息を詰まらせた。

「言質を取られるようなことは、避けるのが肝要かと存じます」

どくりと心臓の鼓動が増す。

勝千代は瞬き数回分の間呼吸を止め、そのあとゆっくりと息を吐いた。

御台様とは、それほど気をつけなければならない相手なのか？

ひやりとした恐怖に背筋を撫でられ、舞い上がっていた気持ちが一気に冷えた。

勝千代は、御台様からの最初の書簡を思い返した。

確か……そう、兄が死んだことと、双子の弟である勝千代に会いたいということが、切実な調子で綴られていた。

特に問題になるような内容ではなかったように思う。そんな風に思いを巡らせ……ふとよぎった嫌な予感に顔をしかめた。

「……兄上はなぜ亡くなられた？」

書簡には病死とあった。こんな時代だから、子供の死亡率も高いだろうし、ないとは言えない。しかし……。

「梅雨に入る頃、ひどい風邪を召されて臥せっておられるとは聞きました。もともと身体が丈夫ではないと」

勝千代は固形の墨を硯に立てかけた。そして、斜め横に控える段蔵のほうに身体ごと向き直る。

「まさか……」

殺されたのか？　と、直接的な質問をすることはできなかった。

段蔵は静かに首を左右に振った。しばらく言葉を探すように黙り込み、結局何も言わなかった。はっきりしないその態度が、なにより明瞭に不穏さを告げていた。

「知っていることを申せ」

「あくまでも噂の話だとお知りおきください」

段蔵は、らしくない迷いのある口調でそう前置いて話しはじめた。

御台様は、嫡男含め男子ふたりを産んでいる。

その夫君たる御屋形様には、御台様以外にも複数の御側室がおり、そちらにも御子が何人かいるそうだ。

大きな家であれば複数の奥方がいるのは普通だが、彼女たちが穏便な関係でいるかといえば、多くは否だ。ありがちなことだが、御台様と御側室も険悪な仲で、前々から勝千代の兄を挟んで揉めていたのだという。

勝千代の兄は御台様に可愛がられていたが、実子ではなく養い子だ。

男子をお産みになっている御側室は、勝千代ら兄弟の母親とは従姉妹の仲だという。

複雑なその関係性が、勝千代の兄を板挟みにし、内々の諍いとされながらも苛烈なものもあったという。

御台様が兄をかばえばかばうほど、嫌がらせのひどさは増し、挙句の果てには毒を盛られたのではないか。そう囁かれているのだ。

「その御側室とは……どのような方だ？」

「色々とよくない噂の多い方です。若君に彦五郎の名をねだり、御台様のご不興を買ったというのは有名な話です」

その名前には覚えがあった。御台様の書簡で、兄は「彦」と呼ばれていた。御側室がねだるほど意味のある一文字を、養い子につけたというのだろうか。

不意に、ぞわりと背筋に悪寒が走った。

まさかとは思う。兄は身代わりの羊……スケープゴートだったのかもしれない。

御側室がそれほど苛烈な御気性であるならば、己の子を嫡男にしたいと思わないわけがない。

そう考えた御台様は、実子に危害を加えられる前に、わざとつつきやすそうな獲物を敵の前に置いたのではないか。

……可能性がまったくないとは言えない。

そうでないなら何故、御自身にも御子が何人もいるのに、新たに勝千代まで召そうというのか。兄が死んでしまったので、新たな羊が必要になったのではないか。

すべてただの憶測で、真実などひとつもないのかもしれない。

だが、想像するだけでも実に嫌な気分になった。

美しい紙や書道具を前に浮き立っていた気持ちが、あっという間に萎んでいく。

戦国時代では、血肉を分けた親兄弟が殺し合うことも珍しくなかったという。

それを遠い過去の出来事として聞くのと、実兄がその只中にいたと聞くのとでは、まったく意味合いが違った。

現代の日本でも、きれいごとだけで社会が動いていたわけではない。

いじめや犯罪事件は多発していたし、世界のどこかでは戦争が起こっていた。

しかし、こんな風に子供が矢面に立ち、それを口実に争いが起こるなど……ありえなかった。

勝千代は黙って硯に向き直った。

摩った墨を真新しい筆に含ませ、丁寧に余分を落とす。

実際に何が起こったかはわからない。

噂通りに御側室が毒を盛ったのかもしれないし、御台様がわざとそんな立場に兄を置いたのかもしれないし、本当にただ病気で亡くなっただけなのかもしれない。うがった見方をすれば、御側室に罪を擦り付けるために御台様が手に掛けた可能性すらあった。

知りたい気持ちと、知りたくない気持ちがせめぎ合う。

返書には無難に、道具類を贈ってくれたことへの礼を書くだけにしよう。

当たり障りない無難な感じがよい。体調がすぐれないことを強調して、会うのはやはり避けたほうがよい。

「御側室のお名前はお江与《えよ》様。松原殿《まつばらどの》とも呼ばれておられます」

筆の先を整え、現代の審美眼的にも美しいと感じる紙に手を添える。

書き出しはまず時候の挨拶から……と、筆を手に真剣になっていたので、段蔵の言葉がためらうように途切れたことに気づかなかった。

「松原殿は……福島兵庫介《くしまひょうごのすけ》様、叔父君のご息女です」

ぽたり、と白い紙に墨が落ちた。


中の人が知る勝千代の叔父とは、桂殿と結託していたあの叔父しかいない。

父に対しては誠実な弟を装い、陰では嫡男である勝千代を虐待する。その二面性はおぞましく、いつか父にも牙を剥くのではと危ぶんでいた相手だ。

もちろんほかにも叔父はいるのかもしれない。しかし、段蔵の言葉は強烈なフラッシュバックとなって、笑いながら蹴飛ばしてくれたあの瞬間を思い出させた。

「……あの人か」

「はい」

段蔵がはっきりと肯定したところを見ると、やはり脳裏に浮かんでいる男で間違いないのだろう。

まっさらな紙の上に落ちた墨に目を落とす。

筆の先端が、ふるふると震えている。

……怖いか？　幼い勝千代にそう問いかけてみる。

しばらく胸の内に耳を澄ましたが、自身の感情以外は伝わってこない。

しかし無意識に揺れる筆先が、ずきりと痛むあばらの骨が、物心つく前から続く虐待の爪痕としてそこにあった。

その時点で、御側室のがわにつきたくないと感じてしまうのは無理もないだろう。

では御台様に味方するのかというと……それも気が進まない。

わざわざ御側室の従姉妹の子を選び、養い子として寵愛した。そこになんらかの思惑があるのは確かで、近づくのは危ういと感じるのだ。

「藪をつつく気などないのに、蛇が出てきた場合はどうすればいい？」

勝千代は筆を置き、汚れてしまった紙を脇に避けた。

いつの間にか手にも墨がついていて、美しい薄紙の和紙に黒い汚れがつく。

双子の兄に何が起こったのか。真相を知りたい気持ちはもちろんあるが、中の人にとっての最優先事項は、幼い勝千代を生き延びさせることだった。

できる限り藪を避けて通るのは、保身として正しい道だろう。

「排除しますか？」

「物騒なことを言う」

勝千代は段蔵のその言葉を冗談と受け取り、小さく笑った。舌足らずな口調でそう言い返し、黒くなった手をどうしようかと見下ろす。

この男は父が雇っている忍びだ。命を助けられ、ヨネのことでも世話になり、大恩があると言ってもいい。

だがしかし、本当に信じられるのかと問われれば、確信はない。雇われ者の忍びであれば、仲間の命もかかっているのだから、より分があるほうに付いて当然だからだ。

いい年をした大人である中の人は冷静にそう分析していたが、そんな風に考えてしまうのを恥じてもいた。

そして自身がすでに九割がた彼を信じ、残りの一割、たとえ裏切られたとしても、それはそれで仕方がないと思っていることにも気づく。

手ぬぐいで墨を拭ってもらう間、きれいになっていくその汚れをじっと見つめた。

単純に救われたというだけで信じてしまうのは危険だ。それでも、平和な時代が育てた価値観は、今さら変えようがない。

「毒蛇がいたとしても……知らぬふりがよい」

内緒話をするように、自身に言い聞かせるように囁く。

裏切られる可能性を許容するべきではないが、幼い子供には保護してくれる大人が必要なことも確かだった。


勝千代はきれいになった手で筆を取り、新しい紙に向かった。

適当な時候の挨拶を書き、まずは気遣いへの礼を、お会いして兄のことを聞きたいと思うが体調がすぐれず、誰かに病を移しても申し訳ないので遠慮すると綴り……少し手を止めて、茶色い土壁を見上げた。

「段蔵」

じっとこちらを見ている男に、静かに語りかける。

「与平らは村から出したほうがよい」

それは、かねてからの懸念だった。改めて今日、自身の思いのほか危うい立ち位置を知り、懸念は確信へと変わった。

忍びの隠し里なのだろうこの村は、すでにもう知られてしまった。

勝千代さえ匿わなければ、どこにでもある農村を装い、これからも続いていったのだろう。

しかし、どうやってか岡部らに探し当てられてしまった。岡部が見つけたということは、桂殿たちもじきに気づく。

それに、忍びの者たちが住むと気づかれてしまっては、もはや隠し里とは言えず、安全ではない。

「ほかに身を寄せるあてはあるか？」

段蔵は答えなかった。

この男にしては珍しいと首だけ巡らせて振り返ると、両手を床について深く頭を下げていた。

「……段蔵？」

「ご配慮に感謝いたします」

普段の平坦な低い声ではなく、若干くぐもって聞こえた。

「いや、迷惑をかけているのはこちらのほうだ。御台様から頂いたものだが、いくらか間引いて売れば当座の費えにはなるだろう」

住まいに収まりきらない調度品など、あっても手に余る。しまい込むにしても場所を取るだけだし、気づかれない程度に売り払って金銭に換えるのはアリだと思う。

いやいっそすべて売り払い、金に換えてしまおうか。そうすればいざというときの……などと皮算用していると、段蔵がようやく頭を上げた。

「子らは別の村に移します。山をひとつまたいだ、信濃との国境にある村です」

幼子相手とはいえ、別の隠し里のありかを漏らしてはダメだろう。

言外に聞かなかったことにしようと首を傾けてみせたが、段蔵はしっかりとこちらの目を見て言葉を続けた。

「その村から、入れ替わりで何名か呼び寄せます」

「これまでもずいぶん世話になった。礼を言っても言い尽くせないほどだ。私はこの村に残るが、護衛の人数は最低限でよい」

「いいえ」

あわよくば金を握って街へ逃げようか、などと思っていた勝千代は、大柄な忍びにじっと見据えられてたじろいだ。

「……それが我らの仕事です」

「そ、そうか」

「必ずお守りいたします」

まるで、逃がさない……と言われたような気がした。


周囲の木々が切り倒され、低木類も取り払われた空間に、墓石が均等に並んでいる。

ヨネは、里芋を掘った畑のさらに奥、山の中腹に開けた村の墓地に埋葬されていた。

雪は墓地を真っ白に染め、なおも降り積もろうとしていた。

「お寒うございませんか」

もはや定位置のように勝千代を抱えているのは弥太郎だ。

「……だいじない」

そう答えはするものの、寒くて寒くて仕方がない。奥歯が噛み合わないほどに震え、手足の感覚はすでにない。スキーウェア、あるいは分厚いダウンジャケットが心底恋しい。

「降ろして」

ヨネの墓にきちんと参りたくて来たのだが、もっと天候がいい日にすればよかった。

段蔵にも弥太郎にも止められたのだ。強行した勝千代が全面的に悪い。

雪が踏みしめられた平らな場所に降ろしてもらい、小さな丸い墓石を見下ろす。現代のもののようにきれいな長方形ではなく、人の頭ほどの大きさの石を置いただけの簡素なものだ。

村とは縁もゆかりもない彼女が、まるで仲間のひとりであるかのように葬られているのがありがたかった。

その場に屈み、墓石の上に積もった雪を手で払った。払っても払ってもすぐに真っ白になる。

この様子だと、明日には積雪に埋もれてしまうかもしれない。

風が強くなり、雪が斜めから真横に吹きつけてくる。きっともう戻ったほうがいいのだろうが、離れがたくて。ただじっと、雪が積もっていくのを見ていた。

「坊!」

かなり遠くから勝千代を呼ぶ声がした。

振り返ると、山道を登ってくる大小いくつかの人影。誰もが全身蓑で覆われているが、身体の大きさから半数が子供だというのがわかる。

勝千代なら苦労したに違いない斜面を、あっという間に登ってきたのは、与平を含め数人の子供たちと、村の大人だ。

「すげぇカッコだな」

蓑の奥から、いつもの調子で屈託なく笑う与平に、傍らの母親がげんこつを振り上げる。

それを慣れた風にさっと避ける様子に、勝千代もまた頬を緩めた。


今から彼らは村を出る。すでに年少の子供たちは発っていて、与平らが最後の一団だ。

長距離の移動に備え、藁でできた防寒着をこれでもかと身体に巻き付け、一見大人か子供かもわからなくなるほどの重装備だ。

何もこんな雪の中、出発しなくてもよさそうなものだが、どうやら村は遠巻きに見張られているらしい。段蔵はたいした相手ではないと言っていたが、用心のために迂回したルートを取るようだ。

「いったい何枚、着込んでんだ？」

与平が母親に叱られてもなお突っ込みを入れるほど、勝千代の姿は丸々としている。

肥えたわけはなく、単なる着ぶくれだ。

御台様からの頂き物を含め、大量の木綿の小袖を重ね着し、ほっかむりまでした姿は確かに笑えるものだろう。

「数えなかったけど、五枚以上はあると思う」

「五枚どころじゃねぇだろ」

続く子供たちの邪気のない笑い声に、勝千代もまた声に出して笑う。

手足は冷たく、特に雪に触れている足先は痛いほどだったが、そうやって笑顔を浮かべること自体が気持ちを温かくした。


どうか無事に。

心の中で旅路を祈り、二度と会うことはないかもしれない子供たちの顔を目に焼き付ける。

「これ」

与平に隠れるようにして立っていた女童が、すっと何かを差し出してきた。

それは、鮮やかな一枝のツバキだった。青々とした葉に真っ赤な花がいくつかついている。

「おヨネさんに」

「……ありがとう」

彼女の手は半分蓑で覆われ、指先だけが出ていた。幼い子供のものでも、大人の女性のものでもない、働き者の傷だらけの手だ。

勝千代は受け取った自身の手が、それとは程遠い生っ白さで、傷ひとつないことに胸を突かれた。

別れの言葉はなかった。

まるで、また明日も会えるかのように手を挙げて、彼らは旅立っていった。

「戻りましょう」

弥太郎がそう言って、勝千代を抱え直す。

雪はますます強くなり、この分だと気温ももっと下がるだろう。

勝千代は、まだかろうじてわかる道の先を見つめたまま、もはや見えなくなってしまった友人たちの後ろ姿をずっと見送っていた。


里芋の畑まで山道を下ると、段蔵が待っていた。

「与平たちに会えましたか?」

最近、単調な彼の声からいくらか感情らしきものを読み取れるようになってきた。

きっとわざわざ見送る機会を作ってくれたのだ。勝千代は小さく頷き、礼を言おうとして……。

「……何があった?」

その頬に、赤いものがついているのに気づいた。

段蔵は「ああ」と言って、無造作に手の甲で拭う。

すぐにわからなくなったが、それは血ではなかったか。

「なんでもございません」

普段通りの平坦な口調だったが、言葉通りに受け取ることはできなかった。

庄屋へ向かう弥太郎の足取りが、心なしか早い。いつもは斜め後ろにいる段蔵が、何故か先に立って歩いていく。

庄屋の前には、何人かの村人がいた。この寒い時期に一重の野良着姿で、手に持っているのは草刈り用の鎌だ。

真冬なので農作業といっても畑の石を取り除いたり、畔を直したり、保管している藁を使っての内職がメインのはずで、刈り取る雑草などないはずなのに。

彼らは勝千代を見てほっとした顔をして、それから何事もなかったかのようにいなくなった。


「寒かったでしょう。すぐに濯ぎをお持ちします」

弥太郎が上《あ》がり框《がまち》に勝千代を座らせると、すぐに盥の水が運ばれてきて、そこにザバザバと熱湯が注がれる。

たちまち立ち上る湯気を吸うと、ほうっと安堵の息がこぼれた。

ここまできて初めて、自身が凍える寸前だったことに気づいた。

薄い野良着で元気に動き回っている者もいるのに、貧弱すぎやしないか。

弥太郎が湯の中で足を揉んでくれるが、ジンジンするだけで感覚がない。

先ほど生っ白いと感じた手指をこすり合わせ、その氷のような冷たさに、はあと息を吐く。

どんなに指を揉んでも、血が通っている感覚はなかなか戻ってこなかった。

そういえば、父の城で虐待されているとき、このまま一重の小袖で冬を越すのかと考えたことがある。もしそうなっていれば、きっと今頃は死んでいた。

今さらながらに、生き延びることの難しさを実感していた。


悪寒がする。

果たしてそれは、予感めいた何かなのか、風邪をひく前兆なのか。

これまでの経験上、圧倒的に後者の可能性が高かったが、ずっと外に気を取られている弥太郎の様子を見ていると、あながち前者を否定することもできなかった。

囲炉裏のある板間で、湯を沸かして室温を上げようとしている。

冷え切った勝千代の体温を戻すのに、部屋の火鉢では追いつかなかったのだ。

炉端に座らされ、濡れた服を着替えさせられる。

新たに乾いた木綿の服を何枚も着せられ、重いと言いたくなるのを我慢して……やがて喉が痛いと気づいたときには、案の定、発熱していた。

「少し横になってください」

苦みのある薬湯をちびちび飲みながら、弥太郎を見上げる。

普段通りを装っているが、その笑顔がどこか硬い。

そのままじっと目を逸らさずにいると、困ったように視線を泳がせ、やがて顔ごと他所を向いた。

何かが起こっていると白状したようなものだ。

今、囲炉裏の側には、勝千代と弥太郎しかいない。

外の吹雪は強まるばかりで、出かけた段蔵の安否が気がかりだった。

ぱちぱちと炭が燃え、自在鉤《じざいかぎ》にぶら下がった大きめの鉄瓶からはシュンシュンと白い湯気が上がっている。

その音を聞いているうちに、うとうとと眠くなってきた。

どれぐらい眠っていたのだろう。ガタリ、と音がして、はっと目を覚ました。

いつの間にか囲炉裏の側に寝床が用意され、大量に小袖を着込んだ上からさらに何枚もの着物を掛けられていた。

発熱しているからか、炉端にいるからか、指先まで血が通い温まっている。

そんな中、ひときわ大きくびゅうと風の音がして、急激に外気が吹き込んできた。

飛び起きた……つもりでいた。

発熱していたのと、大量の着物に埋没していたのとで、とっさにできたのは首を持ち上げることだけだった。

「戻りました」

段蔵だ。黒装束ではないが、暗い色合いの羽織袴姿で、足元には黒い脚絆《きゃはん》をつけている。

肩に積もる雪の量から、天候の悪さがうかがい知れた。

段蔵は雪が吹き込む前に引き戸を閉め、入り口の土間のところで雪を落とした。ばさりと、やけに大きな音がした。

その無事な姿にほっとしつつも、彼の左手にある黒鞘の太刀に目が行く。

よほどの事態なのだと空気で察した。

「……客か？」

「先ぶれもなく押しかけてくるのは、客人とは申しません」

段蔵は、勝千代の目が太刀に向いていることに気づいて、すっと見えない位置に下げた。

「それよりも、お加減はいかがでしょうか」

「だいぶよい」

実際、全身がぽかぽかと温かく、気分も悪くない。

段蔵は丁寧に一礼してから框に腰を下ろし、素早く草履を脱いだ。

その左手には手甲をつけているのに、右手にはない。破けたのか、汚れたのか。

「状況は」

すり足で近づいてきた男が炉端に座るのを待って、問いかけた。

無力な勝千代が聞いてもどうにもできないのはわかっている。それでも、知っておくべきだと思ったのだ。

「しばらく前から、村の周辺が見張られておりました。それと同じ者どもです」

段蔵は丁寧に頭を下げてから、子供相手と隠すことなく淡々とした口調で言った。

「山ほどの荷が運び込まれたのに、周辺には兵がおりませぬ。たやすく奪えると思ったようです」

「……盗賊か?」

「この周辺ではまあまあ大きな野盗団ですが、女子供も含む有象無象の寄せ集めで、たいしたことはありません」

そして今のところ、こちらに被害は出ていないそうだ。

ほっとすると同時に、不快な気持ちも沸き起こる。

はた迷惑な贈り物は、蜜に群がる蟻のように、余計なものを招き寄せてくれたらしい。

「……それが狙いだったと思うか？」

「はっきりとは申し上げられません。ですが一応、殿にお知らせしておくべきかと」

勝千代と同じことを、段蔵も考えたのだろう。

御台様からの見舞い品が、善意に見せかけた企みで、最初からこうなることを期待されていたのだとすれば……。

「盗賊に扮した本隊が襲ってくる可能性もあります。守りは固めておりますが、念のため移動したほうがよろしいかと」

勝千代が危惧したこととまったく同じことを、段蔵も言う。

やはりそうなのか。がっかりしたというか、改めて背筋が凍る思いがするというか。

「今は移動は無理です」

「……いや」

弥太郎が反対の声を上げたが、勝千代はかぶりを振った。段蔵が、熱で赤く染まった顔を見てもそう言うのだから、それなりの根拠があるのだろう。

もし本当に夜盗の後ろから本命の第二陣が来るのであれば、のんきに寝ている場合ではない。

「わかった。用意を」

「外は吹雪いておりますし、お身体のほうも」

「相手はむしろ今を好機と取るだろう」

夜盗らは吹雪に紛れて強奪できると考えるだろうし、第二陣はその夜盗のふりをして勝千代らを始末できると考えるだろう。

すべてが敵の思い通りに動いた場合、雪が何もかもを覆い隠し、下手をすれば春まで事件が露呈しない可能性すらあった。

「押し返せないのならば、できるだけ早く引くべきだ」

勝千代はそう言ってから、読み取れない表情でこちらを見ているふたりの忍びから目を逸らした。

熱で真っ赤な顔をした童子が言う台詞じゃなかった。自重しないと。

段蔵の態度から、かなり大掛かりな襲撃とみていいかと思うのだが、果たしてそれを命じたのは御台様だろうか、御側室だろうか。あるいは桂殿や叔父の可能性もある。

あまりにも多い心当たりに、ため息しか出ない。

どこの誰にせよ、幼い子供を狙うだなんて、ろくなものじゃない。

かなりギリギリだったが、与平らを逃がしておいて本当によかった。

しっかりと着込まされ、その上から蓑をいくつもつけられて。はた目には子供ではなく、藁の束にしか見えなくなる。

その状態で弥太郎の身体の前に紐でくくり付けられた。子供扱いというよりも、赤ん坊扱いだ。

……ものすごくコメントしづらい有様だったが、言われるままに従った。

素人がプロのやることに口出ししても、いいことなど何もない。

その状態で、胸元に温石をねじ込まれた。かなりずっしりと重量がある。さらにその上から蓑をかぶせられ、とうとう視界が藁だけになる。

「一刻ほど走ります。意識を保ち耐えてください」

段蔵の声がそう言った。

脳裏をよぎるのは、雪山で定番の、「眠ったら死ぬ」状況だ。

ヨネの墓に参ったときにも思ったが、防寒具のないこの時代、特に体積の小さな子供は簡単に凍え死ぬ。ただでさえ虚弱な勝千代に、この寒さを乗り切ることができるだろうか。

囲炉裏の火が落とされ、すでにもう寒いと感じはじめている。

弥太郎の手に背中を支えられるのを感じ、「……わかった」と小声で返事した。


寒い。とにかく寒い。めちゃくちゃ寒い。

現代日本でこのあたりにスキーに来たことがあるが、こんなに寒かっただろうか。

時折、確かめるように背中を撫でられるが、反応する余裕はない。

抱きかかえられての疾走は快適とは言えず……吐かずに堪えている自分を褒めてやりたい。

昔からジェットコースター系の乗り物が苦手だった。

落下するときの「ひゅん」と肝が縮む感じ。遠心力で振られるときの、宙に飛ばされそうな恐怖。

身体を固定されて、ただ乗り物に乗っているだけ……自分では制御できない、あの振り回される感じが嫌なのだ。

弥太郎は十分気を使ってくれていると思う。上り下りある山道を走っているのに、この程度の揺れで済んでいるのだから。

それでも、慣れない振動に三半規管がやられ、食道に胃液が逆流してきそうになる。

どれぐらい耐えただろう。すでにもう全身氷のようで、見当識が失せるほど方向感も欠如し、一秒後には無我の世界に旅立ってしまいそうな……まさに瀬戸際。

不意に、勝千代を支える腕に力が籠もった。

直後、急激な落下。

こぼれそうになった悲鳴を、奥歯を食いしばって堪える。

カキンカキンと二回、鋼が鳴る音がした。

それは、恐慌状態に陥りかけた意識を、一瞬で現実に引き戻した。

勝千代はされるがままのグロッキー状態だったが、耳だけははっきりと、複数人が戦闘状態にある音をとらえていた。

鋼が触れ合う音、弓弦が引かれる音。

「いたぞ」とか「あそこだ」とか、野太い声が追ってくる。

乱暴に身体が上下し、前後左右に振り回され、予告もない唐突な急上昇に急降下。

……残りのＨＰは、きっとミリ以下だ。

蓑によって視界は遮られたままだったが、剣戟の音を聞いてからはさらに瞼を固く閉ざし、小さく縮こまっていた。

これまで殴り合いの喧嘩ひとつしたことのない中の人は、この悪夢のような状況にどう対処すればいいかわからずにいた。

触れることができるほどの近さに、研ぎ澄まされた死神の鎌があるのを感じる。身体の動き、目線、条件反射……ほんのわずかなミスで、その刃の錆になってしまうのだろう。

今の勝千代にそれをどうにかする力はなく、されるがままに運命の荒波に揉まれるしかなかった。


どうしてこんなことに。

朦朧とする意識の中、勝千代は岡部二郎に対する悪態を際限なくつぶやいていた。

論理的に考える力などもはやなかったから、本能的な、直感として辿り着いた結論なのだと思う。

いや、追っ手そのものではないのだとしても、襲撃の原因となったのは明らかにあの男だ。

まだ幼い、吹けば飛ぶほどにか弱い童子を殺して、いったい何になるというのだ。


何度目かの小さな乱高下のあと、しばらく平らなところを駆け抜けた。

弥太郎がバックステップを踏むような動きをしたその直後、蓑越しに大量の湿ったものがビシャリとかかる。

鼻を突いたのは錆び臭く、生臭い、嗅ぎ慣れた臭い。

蓑の内側まで染み込んできたのは、湯気が出るほどに熱い人間の鮮血だった。

……弥太郎が切られたのか？

みぞおちのあたりに、大きな恐怖の塊をねじ込まれたような気がした。

嫌だ。そんなのは駄目だ。

キーンと鼓膜が鳴る。

まってくれ。夢なんだろう？　質の悪い悪夢なんだろう？

ひくり、と嗚咽がこぼれる。

勝千代は、やみくもな恐怖で冷静さを失っていて、弥太郎がその場で動きを止めていることも、いつの間にか剣戟が止んでいることにも気づいていなかった。

背中を支える腕に力が籠もる。ぎゅっと、力強く。

弥太郎は切られたのではないのか、無事なのか、怪我をしているなら……。


そんな混乱状態が続いたのは、おそらく十数秒ほどだったと思う。

周囲の物音もシャットアウトし、耳鳴りと自身の鼓動だけしか聞こえていなかった聴覚に、ざわざわと雑音のような人の声が紛れ込んできた。

「……名を名乗れ！」

「そちらこそ何者かっ！」

「こちらは福島《くしま》上総介《かずさのすけ》様の軍勢だ！」

その名は、ものすごく明瞭に意識を貫いた。

父だ。父が来てくれた！

まるで本物の幼子のように、安堵があふれ出し頬を濡らす。

ちなみに、「上総介」が父の名前だということを、中の人は知らなかった。それなのに何故か父だと認識していて、そのことについて疑問にも感じていなかった。

勝千代の視界は完全に塞がれていたし、動転していて耳もよく機能していなかったので、その前後の話はわからない。

どうやら段蔵たちを除いて複数のグループが対峙し、お互いに誰何し合っている状態だというのはかろうじて知れた。

ここは街中でも街道沿いでもない。国境付近の雪深い山奥、通常であれば誰かと行き交うことなどまずない場所だ。

勝千代を追っていた連中は、父に対してなんと言い訳するつもりだろう。

ぽんぽんと背中を撫でさすられて、次第に気持ちが落ち着いてくる。

少なくとも弥太郎は生きている。追っ手も父がなんとかしてくれる。

その安心感が、一気に身体に負荷をかけた。

どうなったかというと……そのあとの数日間の記憶が、すっぽり抜け落ちている。

第四章　雪の城

「お勝、お勝」

意識が戻り切る前から、執拗にそう呼びかけられていたのは覚えている。

あとで知ったのだが、勝千代の容態はとても危うく、何日にもわたって命の瀬戸際をさまよっていたのだそうだ。

常に戦場にいるイメージしかない父が、連日枕もとに付きっ切りでいたのは、かなり状態が悪い……つまり危篤とみなされていたから。

この時代、幼い子供が命を落とすのは、決して珍しいことではなかった。

勝千代がイメージするような西洋医学的な薬、抗生物質やそのほかの薬はなにひとつない。現代の医学に比べると、取れる手段も限られてくる。

どんなに効くとされている薬草でも、ピンポイントで効果が出るようなものではなく、結局は自己治癒能力の高さが生存を左右する。

だが勝千代にはその下地がまるでなかった。赤子の頃から、ろくに栄養を取れていない……それが最も大きな要因だと思う。

見る影もなくやせ細り、さらには身体のあちこちに残る傷跡を見て、医者はまず第一に、本当に御嫡男なのかと確認してきたそうだ。

あちこちの骨が折られた痕跡と、広範囲に見られる傷跡に言及し、どう見ても虐待されて育った貧民の子だと。

もちろん本気でそう思ったわけではないだろう。

働いたことのないきれいな手や、長距離を歩いたことのない足の裏を見れば、おおよその育ちはわかるものだ。

にもかかわらず、明らかに発達の遅れた体つきやその痩せ方、全身に及ぶ傷跡……医者でなくとも察しはつく。


「お勝、お勝……」

意識が朦朧としていても、父の声はずっとどこかで聞こえていた。

虚ろな意識を現世に引き留めるその声が、次第に涙交じりのものになり、しまいには大音声で号泣する。

意識を取り戻すまでに三日、明確に峠を越したと言われるまでには、さらに二日。

むさ苦しい男泣きを延々聞かされ続け、ゆっくり寝ていられなかった。

たぶん勝千代だけではなく、付き添っていた医者や小者たちも辟易していただろう。

「済まぬ、お勝、済まぬぅぅぅぅ」

髭面の大男が背中を丸め、骨と皮ばかりの勝千代の手に頬ずりする。

「何も知らなんだ父を許してくれぇぇぇ」

剛毛の髭に涙が絡まり、べちょべちょというか、ごわごわというか……心地よいとは到底言えない感触だ。

勝千代の顔は引きつっているに違いなかったが、干からびそうな勢いで涙を流す父に、なんとか微笑みを返した。

「……ご心配をおかけしました」

「よいのだ、お勝が無事であれば、それだけでワシは」

ずびびび……と洟《はな》をすすり、再びボロボロと涙をこぼす。

「あと一歩遅ければ、そなたを失っておった。間に合ってよかった、本当によかった」

勝千代は、身もふたもなく号泣する父親を見上げ、いくらか安心した気持ちでいた。

少なくとも父は、勝千代《この子》を愛してくれている。

中の人になって以来、勝千代に愛情を注いでくれるのは他人ばかりだった。それはそれでありがたいことなのだが、子供にとって親の愛情は何にも代えがたいものなのだ。

「父上」

「うん、なんじゃお勝、なんでも言うてみよ。この父がなんでも叶えてやる」

甘やかして子供を駄目にしそうな台詞だ。

勝千代は、きらきらした目でこちらを見下ろしている父に、困ったな……と眦を下げた。

「一日も早く本復してみせますので、ご安心ください」

「お勝ぅぅぅぅ」

その二重の大きな目から、再び滂沱《ぼうだ》と涙がしたたり落ちる。

お願いだから、鼻水はつけないでくださいよ。

そんなことを思いながらも、ぎゅっとその大きな手を握り返した。


ここも安全ではないかもしれない。そう思うようになったのは、さらに数日経った頃だ。

床上げはまだだが、身体を起こせるようにはなっており、消化のよいお粥（しかも白米！）を出されるのにも慣れてきた。

お粥ごときでテンションを上げる勝千代に、父が悲しそうな顔をしたが、それは気にしないことにする。

舌に残る余計な固さのない米は、現代日本を思い起こさせる懐かしい味だ。

たとえおかずが梅干しだけでも、十分にごちそうだった。

そんな勝千代を、感情の含まない目でじっと見ている男がいる。

いやむしろ、険のある眼差しと言ってもいい。

彼は本来父の側付きなのだが、勝千代が意識を取り戻して以来、ずっと部屋の隅のほうで黙って控えていた。

名はニキ。二つの木と書いて二木《にき》だ。

とにかく表情の薄い男で、勝千代の前だからだろうか、必要最小限のことしか喋らない。瞬きの回数も少なく、ただ無言でじっと見られている……しかも四六時中。

名目は護衛なのだろうが、監視されているようにしか感じなかった。

しばらくは、いつ急変するかわからない容体が続いていたので、部屋には彼だけではなく、常に幾人かの大人が詰めていた。

そうやって複数の目があるうちは、命の危険はないだろうと楽観していたが、いつしかその目つきがまるで蛇のように思えてきて……。

気分は狙われている小動物。あれは間違いなく要注意人物だ。


段蔵たちの無事を確認したとき、父の視線が微妙に逸れたことも気になっていた。

嘘をついているとまでは思わないが、正直に話していない印象を受けた。

まさか段蔵や弥太郎の身に何かあったのだろうか。続けて尋ねようとして、背中に視線を強く感じた。それは二木の刺すように険しい凝視で、中の人に警戒心を抱かせるに十分な不穏さを含んでいた。

これ以上は黙っているべきだと口を閉ざしたのは、大人としての分別だ。

そのときの勝千代は、己の立ち位置も、周囲からどのように見られているのかも、よくわかっていなかった。

ただ、他人からの悪意や害意に対しては敏感で、父はともかく、周辺の者たちからいい感情を持たれていないことだけは察していた。

夜、周囲が真っ暗になってからひそかに考える。

見張られているという直感は間違っていないだろう。

父に相談する？　いやしかし、あの男は父の直属の配下だ。根拠のないこの直感に耳を傾けてくれるだろうか？

体調はゆっくりと回復してきているが、それは同時に、父と離れる時が近づいているという意味でもあった。父は勇猛果敢で知られる武将で、常に国境の最前線に立っている。たいていは砦や出城に布陣し、国境を守っているという。

今の季節は雪深い冬なので、敵が攻めてくることはまずないそうだが、大将が長く前線から離れているわけにはいかない。

今日明日ではなくとも、雪解け前には戻ることになるだろう。

勝千代は、こちらをうかがい見る不躾な視線を感じつつ、暗闇の中で目を閉じた。

最大の守りである父から引き離される前に、なんとかして段蔵と連絡を取りたい。

その手段を、ひたすら考え続けた。

勝千代が療養しているのは、とある山城の一室だ。見事な雪化粧をした山岳を背景に、川を見下ろすような位置にある。

生まれ育った城よりも山奥にあるせいか、吹きつける風が厳しかった。

太陽が照ってもまったく暖かくなく、常にびゅうびゅうと風の音が聞こえていて、まさに雪に閉ざされた山岳の城だ。

そんな雪深い山城とはいえ、生活に不自由があるわけではない。

父と隣り合わせの立派な客間をあてがわれ、臥せっている勝千代のために、部屋に五つも火鉢が持ち込まれている。

医者も世話人も、なにもかも至れり尽くせりで、文句の言いようもないのだが……。

「おお！　勝千代殿‼」

どすどすと大きな足音が近づいてくる。

「このようなところにおられては、お身体に障りますぞ」

ソーシャルディスタンスを守ってくれ、と言いたくなるほど近い距離で、鼓膜が痛むほどの大声。

そう、この城の城主である岡部二郎だ。

にこにことご機嫌で笑って、勝千代が座る縁側の隣にドスンと腰を下ろす。

「おはようございます」

勝千代はにこりと笑顔を返した。表面上は屈託なく、むしろ親しげに見えるだろう。しかし内心では、常に用心深く相手の真意をうかがっている。

この男は父と同じ城持ちの武将だ。

とはいえ、同じ部屋にいるときの席次とか態度などを見ていると、父のほうが身分が上なのだとわかる。その嫡男である勝千代へも、岡部は一貫して立ち位置を崩さず、常に下座に座るし、先に頭を下げる。

かといって、天と地ほども身分に開きがあるわけではないようで、父はとても丁寧に岡部に対応する。つまりその子である勝千代も、不用意な態度を取るべきではない、ということだ。


「ずいぶんと御顔の色がようなりましたな」

「ありがとうございます。順調に回復しています」

愛想笑いは完璧だった。岡部はなんら疑う様子はなく、目尻にしわを刻みながら満足そうに頷く。

「油断はなりませんぞ、まだまだ冬は長い。ぶり返してはいけませぬ」

「ずっと部屋に閉じこもっていては、息が詰まる気がするのです」

「もう少し暖かくなれば庭に出るのもいいですが……今は御覧の通り、散策に向きませんからなぁ」

縁側の外は雪景色だ。……いや、そんなお洒落なものではない。深く降り積もり、庭の様相などまったくわからなかった。

豪雪地帯ではないので、軒先まで埋まるというようなことはないが、雪かきをしないとまともに出歩くこともできない。

「さあさ、お身体が冷えてはなりません。部屋へ……」

「すいません、もう少しだけ」

手を差し出されたが、にこりと笑って誤魔化した。厚意を受け取る云々の話ではなく、この男に手を掴まれること自体に抵抗を感じたからだ。

「……外の空気を吸っていたいのです」

「ほどほどにせねば、お身体に障りますぞ」

「はい。お気遣いありがとうございます」

勝千代がここまで気を張っているのには理由がある。

あの雪山で、勝千代たちを追ってきた連中……最後に父の軍勢と対峙したのは、この男なのだ。あれだけ追いかけ回し、勝千代は死にかけたというのに、当の本人はけろりとしたもの。逃げる段蔵らを盗賊団の一味だと誤認したというのだ。

父は疑う様子もなく納得していたが、本当にそうなのか？　……いいや、これはそんな単純な話ではない。

長い時間追い回され、問答無用に切り付けられ、矢を射られた。凍えるほどの寒さの中、蓑越しに浴びた鮮血の熱を、臭いを、今でもはっきりと覚えている。

御台様からの下賜品を強奪しようとした盗賊は、岡部が一網打尽にしたそうだ。

ついでに勝千代のことも始末したかったのだと確信している。

段蔵や弥太郎は本当に無事なのだろうか。勝千代にその真偽を確かめる術はない。

父にもう一度尋ねる気にはなれなかった。傍らの男の目が、蛇のように鋭く光ったことが忘れられないのだ。

きっとこれ以上は危うい。そう警戒させる視線であり、肌で感じる悪意だった。

段蔵たちは勝千代にとって恩人だ。そんな彼らを悪しざまに扱うのなら、たとえ父の配下といえども味方とは思わないほうがいい。

そのときの勝千代は、身分社会というものがまるでわかっていなかった。いやもちろん、知識としては知っていたが、その本質を理解していなかったと言うべきか。

卑しい忍びに信頼を置くなど正気ではない。世の中のほとんどの者にはそれが常識で、己がそこから外れているとは思ってもいなかったのだ。

だがわかってほしい。勝千代にとって彼らは、ヨネ以外で初めて優しく接してくれた者たちであり、命の恩人だった。

それだけ世話になっておきながら、気にかけないということ自体、ありえないとしかいえない。

たとえ中の人の意識がなくとも、幼い勝千代は彼らを慕い、頼りにしただろう。

そして、誰が味方で誰が敵かわからない……いや、おそらく周囲は敵ばかりという厳しい状況下では、信じられる相手というのは貴重で、だいじなものだった。

雪雲の合間を縫って、淡い太陽の光が差し込んでいる。頬を打つ風は冷たく、息を吸うたびに肺が痛い。

寒くて、厳しくて、容赦のない冬だ。

勝千代は「はあっ」と白い息を吐いて、冷えた指先を揉んだ。

このまま敵が何もしてこないとは思えなかった。病弱な子供の首など、片手でへし折れそうだと思っているに違いないのだ。

簡単に殺せそうだと思えば、父の目を盗んで、いつか必ず手を出してくる。

それがいつかはわからないが、黙って待つつもりはなかった。

「岡部殿、あれは支城ですか？」

内心を押し隠し、努めて無邪気な顔を作って、雪山の中腹を指さした。

真っ白な景色の中に埋もれるように、黒い建造物がある。それはちょうど向かい側にある山の麓、川の際に建っていた。

岡部は勝千代が指さす方向を見て、「いや」とかぶりを振った。

「物見櫓ですよ。今の季節は吹雪く日も多いので、兵は常駐しておりませんが」

ただ単に、相手の警戒心を解くための世間話のつもりだった。

だが岡部の返答はやけに食い気味で、表情がなさすぎた。

……へぇ、と内心つぶやく。

この城を取り囲むように、見えているだけでも三つの櫓がある。

物見櫓といえば、敵の襲撃を早期に発見するためだけではなく、迅速な情報伝達を目的として建てられたと聞いたことがある。

しかしそれにしては、城との距離があまりにも近いし、櫓の数も多すぎる。

頻繁に吹雪で視界が利かなくなるため、あんなところに建てたのだろうか。いや、冬は兵は常駐していないと言っていた。

ひとつ建てるのにも手間もコストもかかるのだから、この配置にも何か意味があるはずだ。

勝千代は岡部に気づかれないように、櫓の位置を再確認した。

何度見てもおかしな分布だ。逆に城を見張る配置に見えると言えばわかりやすいだろうか。

なおも興味深く観察していると、ふと、櫓の上のほうで何かがきらめいていることに気づいた。

冬の晴れ間に覗いた太陽が、何かに反射したようだ。

この時代、あんな風に光を弾くものは多くない。氷柱か？　いや、今も自発的に動いているように見える。

岡部は無人だと言った。いや、正確には兵が常駐していない、だったが。

しかし今確実にあそこには誰かがいて、意図的にかそうでないかはわからないが、こちらにその存在を知らしめている。

「風が冷たいですね。そろそろ部屋に戻ります」

「……そうですな、それがよろしいでしょう」

勝千代は丁寧に頭を下げてから、立ち上がった。

岡部の反応を見るに、光の反射には気づかなかったようだ。いや、気づいていない態を装っているのかもしれない。

同様に勝千代も、何も見なかったふりをした。

「お勝、疲れたのではないか?」

大きな身体を折りたたむようにして見下ろしてくるのは、父、福島上総介正成《ふくしまかずさのすけまさなり》だ。

やっとフルネームがわかったが、案の定、ピンとはこない。

福島だなんて馴染みのない、まったく聞いたこともない名字なのだ。

いまだに父の、ひいては自身の立ち位置ははっきりしない。

しかし、ぎゅっと握り返してくれる大きな手と、短い歩幅に合わせてくれる屈強なその体躯を見上げているうちに、そんなものは些細なことだと思えてくる。

「ほれ、抱き上げてやろう。寒うはないか?」

勝千代は、父にとって、目に入れても痛くないほど大切な息子なのだ。

それは、ついぞ我が子を持つことのなかった中の人にとっても、十二分に理解できる感情だった。

父のごつごつとした大きな手に比べて、小さく、細く、真っ白い手。すぐにもポキリと折れてしまいそうな危うさを、改めて自認する。

まだ親の庇護下にあるべき幼い子供だ。

虐待するなどもってのほか、権力のための道具にしたり、追いかけ回して傷つけたりしていいはずはない。

全力で火の粉を払うと心に言い聞かせて、勝千代はにこりと父に笑いかけた。

「もう少し父上と歩きたいのです」

「おお、そうかそうか」

父がへにょりと眉を下げ、目尻を垂れさせる。とどめとばかりにギュッと手を握ると、その唇がだらしなく……もとい、嬉しそうにほころんだ。

あざといと言ってくれるな。

子供が大人の目に可愛らしく映ろうとするのは、生きていくための本能だ。


勝千代は父とふたり並んで、城内の散策をしている。

探索ではなく、散策である。

医者は床上げにはまだ早いのではと心配そうだったが、部屋にずっといると気鬱だと悲しい顔をすると、城内のみという約束で、寝床への半軟禁状態は解除された。

とはいえ、自由にどこにでもというわけにはいかない。この曲輪の内側の、大きな廊下がつながっているところ、つまりは表《おもて》だけである。

ほぼ毎回、父が勝千代の右手を握っている。しかもその後ろから、常に大勢の護衛やら側付きやら医者やらがぞろぞろと付いてくる。

さらにはその中には必ず、視線がどうにも嫌な感じの二木もいた。

来ないでいいのに。内心ではそう思っているが、もちろん口にはしない。

一番見晴らしのいい、眼前に何もない廊下の端で足を止め、連なる屋根を見下ろした。

この先は切り立った斜面になっていて、下のほうまで見渡せるのだ。

勝千代が足を止めると、父も、お付きの連中も立ち止まる。

そして、冷たい風が吹きつける中、しばらくじっとその景色を眺めた。

中の人は城に興味を持ったことはないが、学生の頃に何度か校外学習で行ったことはある。

そのほとんどが平野にある城で、巨大な天守閣や美しい石垣、ぐるりと城を取り囲む大きな掘があった。

その印象からいうと、ここは城とはいえない。どちらかというと城塞とか、砦とか、そう呼ばれるほうが合っていると思う。

山の中腹にあるので、建物のほとんどが平屋で、曲輪ごとに頑丈そうな壁で囲まれていた。

勝千代が滞在しているのはその最も奥まった、最も高い位置にある曲輪。そこから斜面の下方向に向かって、複数の曲輪が続いている。

厳重に守られた安全な場所ではあるのだが……眼下に続く曲輪の壁が、まるで脱出を阻む障壁のようにも見えた。

ぶるり、と身震いする。

いったん感じた閉塞感は、この厳しい雪景色とも相まって、厳重な監獄を連想させる。

勝千代を捕らえる檻？　いや墓場だろうか。


「ここは寒い」

父がそっと手を引く。その武人らしい大きな手を見て、ふと思った。

父は、四十代も半ばを過ぎていた中の人よりも、おそらくは十歳近く若い。むさ苦しい髭があるので気にしていなかったが、目元のしわもそれほど深くないし、なによりぱっちりと大きな二重が印象的だ。鼻筋も通っているし、なかなかの男前ではないか？

「お勝？」

まじまじと見上げた先は、もさもさした髭と同様に、ふさふさとした頭髪。口に出すのも憚られるが……そこの部分は遺伝する。そう、遺伝するのだ。

「……お勝？」

「そろそろ戻りましょう」

急ににっこりと微笑んだ勝千代に、父は首を傾げながらも同意した。


親子ふたりで仲良く手をつないだまま、元来た道を戻りはじめる。

城主が丁寧にもてなす親子に、家中の者たちもまた最上級の礼儀をもって接する。

廊下で女中や使用人とすれ違うことが少ないのは、彼らがそう気を使っているからだ。

むしろ目に付くのは父の麾下《きか》の武人たち、この曲輪の警護にあたる者たちだ。

そんな中、ふと、廊下の角で額ずく女中に目が行った。

小柄でまだ年若い。傍らに置いた盆の上には、湯呑みがいくつかと……鮮やかに赤い、一枚のツバキ。

無意識のうちにそれを見て、意図的にすぐ目を逸らした。

お互い顔は見ていない。視線も合っていない。

近い距離をすれ違う。

女中の目の前で、一瞬、左手の人差し指と中指をクロスさせる。

それは、与平に教えてもらった、仲間同士のハンドサインだ。

「父上」

「なんだ、お勝」

「少し喉が渇きました」

「おお、そうか。父も乾いたな」

父が誰かに用を言いつけようと周囲を見回したところで、二木がすかさず言った。

「すぐに白湯をお持ちいたします」

「うむ、頼んだ」

心得たように頭を下げる男に、父は満足そうな目を向ける。

勝千代もまた父に倣ってニコリと微笑んだ。

あの子は気づいてくれただろうか。会って話したいという合図を送ったつもりなのだが。

少し強引に促し、ぐいぐいと手を引くと、父の髭面が嬉しそうにほころんだ。

用意された部屋の前に戻り、ふたりで並んで縁側に座ると、びゅうと冷たい風が頬に当たる。

「……やはり部屋に戻らぬか」

「見てください！　今日は日が照っていて雪が眩しいです」

いや実際、寒いのだ。

本音を言えば、ぬくぬくと火鉢にあたっていたかったが、どうしても父の反応を見たかった。

あれから何度となく、櫓の上のチカチカという照り返しを見た。やはりあそこには誰かがいて、どこぞに合図を送っているのだ。

それは通常の定時連絡的なことなのか、別の何か……たとえば特定の誰かに向けた通信なのかもしれない。

頭の片隅で、段蔵たちがいるのではと想像したこともあるが、おそらく違う。こんな子供の目にもわかるほどの合図を、忍びが使うはずはない。

はっきり言おう。好奇心だ。

日中、何もすることがない暇な時間を持て余していると、色々と考えてしまうのだ。

物見櫓は、この角度から見えるのは三つ。先ほど曲輪の連なりを一望できたところからもう一つ見えた。

城の近距離に物見櫓が四つもある。この分だと、視認できないところにもっとありそうだ。

高いところから敵の動きを見るのであれば、山の上ではなく中腹に建てるのはおかしいし、測ったように均等な間隔で建てられているのも妙だ。

物見櫓が実際にどういう場所に建てられて、どのように使われていたのかなど、詳しいことは知らない。

だが、もともと研究職気質なところがあり、自身の専門分野でないにせよ、じっくり考えてみることが好きだった。

頭の中で、山の形と城の形を想像してみる。

ほぼ等間隔にある櫓が、やはり城をぐるりと囲むように作られているのだろうと想像はつく。城を敵襲から守るためなら、もう少し離れた位置、あるいは高い位置に建てるのが普通だろう。

吹雪いて敵が見えない可能性を考えた？

いやそもそも、吹雪のときは敵の行軍もないはずだ。

「……ん？」

並んで白湯をすすっていた父が、ふと何かに反応した。

勝千代はわざと手元に気を取られている風を装い、注意深く耳だけを澄ました。

ちょうどいいタイミングで、櫓の上から合図の照り返しがあった。

父は確かに気づいた。しかしすぐに反応はなく、何も言わないところを見るに、たいしたことではないと感じたのかもしれない。

岡部の、「段蔵らが盗賊団の一味だと思っていた」という言い訳を素直に受け入れるぐらいだから、そういう些細なことには興味を引かれないのか？　いや……。

「小五郎《こごろう》、あれが見えるか？」

父は、よりにもよって目つきの悪い二木に話を振った。

「……はて、何でございましょう」

「うーむ、もう見えなくなったな。瞬きのようなものが櫓の上に……おお、あれだ」

「確かに、きらりと光りましたな。鳥でしょうか」

そんなわけあるか。

「……父上？」

勝千代は、しきりに顎髭を撫でている父を、無邪気を装って見上げた。

「鳥ですか？　どこに？」

「いや、鳥ではないな。ほれ、あそこだ」

照り返しの合図は、いつものように数回で終わり、見えなくなった。

勝千代はわからなかった態で首を傾げ、「どこです？」と繰り返し問う。

父も急に見えなくなったことが不思議なようで、二木とああでもないこうでもないと話し合っていたが、勝千代が「くしゅん」と可愛らしくくしゃみをすると、はっとしたようにこちらを向いた。

「おお、いかん。部屋に戻ろう。……こんなに冷え切って」

ひょいと脇に手を入れ持ち上げられた。

勝千代は、そうやって運ばれるのが実は嫌いだ。力加減がなっていないと痛いし、ぶらんと足が宙に浮く感じが嫌なのだ。

父は慎重に扱っているつもりなのだろうが、そもそもの力加減を間違っている。

しかし痛いと苦情を言う前に、あっという間に部屋の中まで運ばれて、少々勢いがよすぎるまま床に降ろされた。

その点、弥太郎は上手だった。抱き上げ方も、不安定にならないように支えるのも、そっと丁寧に降ろすのも……。

「顔色が悪いな」

弥太郎のことを考えると、同時に、生臭い血の臭いを思い出して気分が悪くなった。

父の大きな手が確かめるように頬を撫で、心配そうに見下ろしてくる。

「横になったほうがいいのではないか?」

「いいえ、父上……まだ日も高いので」

ちなみにこの時代、床の作りはほぼ板張りである。

いいや、父の持ち城で、寝所が全部畳張りだったこともあるから、畳を敷くという文化がないわけではない。

しかしたいていの部屋は板張りで、上座の部分のみ厚みのある畳が置かれていたりする。

臥せりがちの勝千代の部屋にはその一畳畳があって、常に寝間が用意されていた。要するに、ベッドのようなものだ。

「それよりも、鳥の話をしてください」

強引に寝間に押し込まれそうだったので、そうはさせじと父の袖をぐいぐいと引いた。ずっと横になっていると、腰が痛くなるのだ。

「鳥?」

「先ほど仰っていたではありませんか」

「ああいや、あれは鳥ではなく……」

火鉢の横の、敷物の上に並んで座る。

畳ほどの厚みはないが、夏用の薄い座布団のような形状で、板間に直接座ると尻が痛くなるので助かっている。

「違うのですか?」

「雪が解けて日の光を照り返したのだろう」

あながち違うとも断言できないが、毎日同じ時間、一定のリズムでチカチカするのは自然現象ではないだろう。

二木がいるので、不審に思われるような言動は避けたかったが、もう一言だけ、と言葉を続けようとした。

「失礼いたします」

勝千代が父の顔を見上げて口を開こうとした寸前、締め切られていた障子の向こう側から声がかかった。

二木が取り次ぎ招き入れたのは、いつもの医者だった。三人の助手が道具を持って後に続き、室温が冷え切らないうちにと素早く障子が閉められる。

「父上、私は鳥が好きなのです」

「ほう」

「自由に空を駆けていく姿を、いつもうらやましいと思います」

「そうか」

「渡り鳥の季節が近づくと、今年も来てくれるか気がかりで……」

父親の袖を握り締め、無邪気な子供のように喋りながら、頭ではまったく別のことを考えていた。

この部屋には常に人が多く、出入りもそれなりにあるので、そのすべてに勝千代が挨拶をする必要はない。

入室してきた医者へは、にこりと気安く笑顔を向けた。

しかし最後に入ってきて、静かに障子を閉めた助手のことはスルーした。

目が合ったのは一瞬だ。

勝千代はまっすぐに父を見上げ、それ以降は絶対に彼のほうを見なかった。

「怪我をしていないだろうか、無事なのだろうか、そればかり考えてしまうのです」

……泣きそうだった。


その夜、遠くで「ぶお〜ぶお〜」と聞いたことのない音がした。

最初は細く、次第に太く大きくなっていくその音に、急に城内がバタバタしはじめる。

勝千代は半身を起こし、暗い室内に目を凝らした。

いつもなら夜通し灯明がつけられ、部屋の隅には宿直がいる。

ひとりきりだと気づいた瞬間、ぞわりと全身に鳥肌が立った。

いや、ひとりではない。あの襖を開けた向こうに、父が休んでいるはずだ。

勝千代は掛けてあった布団を脇に避け、できるだけそっと、音を立てないように臥所を出た。

四つん這いから起き上がろうとして……自分でも何を察したのかわからないが、がっくりと両肘を折ってうつ伏せになる。

痛い。

思いっきり硬い木の床に鼻をぶつけてしまった。

しかしそんなことを気にしている余裕はなかった。

視界の隅に、ぬるりと金属の光沢が走る。

最初の一閃を避けることができたのは、幸運値が仕事をしたとしか言えない。しかし二閃目を避けることは、物理的に不可能だった。

勝千代は寝間の上に転がっており、むしろその細首を差し出すような格好なのだ。

何が起こっているのかまったくわからなかった。

ただ本能が、振り上げられた死神の鎌を感じ取っていた。

ぎゅっと目を閉じ、最期の抵抗とばかり身を固くして……ふっと何かが動く気配を感じた。

恐る恐る開いた目に映るのは闇。明かりひとつないので、まったく目が利かない。

しかし、襖の隙間から差し込むほんの少しの光が、瞳孔を収縮させ影を拾った。

「……お怪我は？」

「え？」

「すいませんね、遅くなりまして」

聞き覚えのある声だった。しかし、こんなときに聞くとは思っていなかった。

ぶしゅっと粘度のある液体が飛び散る音がする。

誰かが低く呻き、どさりと床に落ちる。

「失礼」

立ち込める血臭に息を詰まらせていると、ものすごく無造作に全身が浮いた。

「ちょっと面倒なことになっています。騒がずおとなしくなさっていてください」

二木だった。


「父上に何か」

「……しっ」

まるで小荷物のように脇に抱えられ、父がいるはずの隣の部屋に移動する。

そこでも灯明が消されていたのだが、徐々に闇に慣れてきた目には寝間で掛け布にくるまったままの人影が見えていた。

「ち、ち……」

父上、と叫ぼうとした口を、塞がれる。

ひょろりと細身のようでいて、剣だこのできた大きな手だった。

「眠り薬を盛られたんですよ、抜かりました」

まるで猫の子を放すように降ろされて、勝千代は父の側に膝をついた。

「父上、父上」

そっと揺すってみる。

「薬を盛られたと言ったでしょう？　揺すっても叩いても起きませんよ」

勝千代は、父の髭面に両手を当てて引っ張ってみた。

次いで何度か叩いてもみた。起きない。

うるっと涙腺が緩んだ。

手のひらに呼吸を感じ取り、生きていることは確認できたが、普段は巌のような父の無防備な姿に衝撃を受けていた。

「誰がこんな」

「殿だけじゃありませんよ、うちの連中そろいもそろって」

ぶつぶつと文句を言う男の話をまとめると、昨夜勝千代が寝入ってから、大人たちは酒宴を開いたらしい。

そこでの問題はなかった。何故わかるかというと、この男も浴びるほど酒を飲んでいたからだ。

問題はそのあと。寝る前にと用意された白湯の一杯に、眠り薬が仕込まれていたらしい。

二木が何故それを飲まずに済んだかというと……「酔いつぶれていたんですよ！」だそうだ。

どうりで先ほどから酒臭かったわけだ。

ぶお～ぶお～。

再びあの音が聞こえる。

同時に、カンカンと金属を打ち鳴らすような音が鳴りはじめ、ますます非常事態に拍車がかかってきたのがわかる。

勝千代は父の口元に手を置いたまま、びくりと身を震わせた。

遠くで大勢が廊下を走り回り、騒ぐ音が聞こえる。女性の悲鳴も聞こえる。

いったい何が起きている？


不意に、二木が刀の柄に手を置いた。

同時に行儀悪く足を振り上げ、バン！　と勢いよく、勝千代がいた部屋の襖を蹴り開けた。

この時代、夜間の明かりは貴重だ。屋内での光源の多くは灯明で、菜種油を張った皿に芯を浸し、それに火をともすといったものだ。

それは光源としては非常に弱く、小学生が実験で使う豆電球ほどの明るさしかない。

それでも、月の光も届かない夜の屋内で、小さな明かりは室内のおおよその状態を浮かび上がらせていた。

まず目に映ったのは、黒い人影だ。

その背後にもうひとり。勝千代が少し前まで休んでいた寝床に手を当てている男もいる。

勝千代が状況を判断する前に、ふたりの男が切り結んでいた。

鋼の滑る音。力強く木の床を蹴る音。

我に返ったのは、黒ずくめのもうひとりがいつの間にか側まで来ていて、そっと目の前で膝をついたからだ。

「若君」

「……っ」

弥太郎だ。顔を頭巾で隠しているが、声でわかった。

怪我はしていないのかとか、あれからどうしていたのかとか、聞きたいことは山ほどあったが、声にならない。

弥太郎はさっと勝千代の全身を確認し、怪我などはないと判断したのだろう。

眠っている父の口元に手を当て、息があるのを確かめた。

「殿から離れろっ！」

切り付けるような鋭い声に飛び上がる。

そしてようやく、対峙するふたりが抜刀して睨み合っていたことを思い出した。

黒装束の長身の男は段蔵だろう。対するのは、それほど大柄ではない二木。

勝千代は、焦って立ち上がろうとした。

着物の裾を踏んで転びそうになるのを、寸前のところで弥太郎が捕まえる。

「……ふたりとも刀を引け」

変な格好で声を出したので、語尾が裏返ってしまった。

「その者はわたしを助けてくれたのだ」

どちらに向けての呼びかけだったのか、勝千代自身にもわからなかった。

「お互い知らぬ顔でもないのだろう？」

段蔵の名を口にしていいのかわからなかったので、あいまいな言い方になってしまった。しかしよく考えれば、段蔵たちは父上に雇われた忍び、二木のことは知っているはずだ。

ふたりは刀を競り合わせたまま、しばし動きを止めた。

互いにその目を覗き込みあい、数秒。ふたりがすっと離れてくれたので心底ほっとした。

昼間、ツバキの枝をくれた女童が女中として、弥太郎もまた医師の助手として、この城に潜入していることを知った。

父からの指示だったのだろう。

勝千代が危惧するまでもなく、岡部の言うことを信じてはいなかったのだ。

「父上はどうだ？　このままにしておいてよいのか？」

「息も鼓動も正常です。それほど強い薬というわけではなさそうです。明日には目を覚まされるでしょう」

勝千代の問いかけに、弥太郎はしっかりと頷きながら答えた。

「……そうか。よかった」

それだけで、もう抱き着いて礼を言いたいぐらいに嬉しかった。

まだ親子としてはほんの数日なのだが、無意識のレベルで父を父だと思っている。実に不思議な感覚だ。


段蔵と二木は、互いを警戒しながら刀をしまい、縄張り争いをしている猫のような雰囲気で距離を開ける。

勝千代はいくらかほっとして、「座らないか」と言おうとしたところで、またあの「ぶお〜ぶお〜」という音が聞こえてきた。

あれだけカンカン鳴り響いていた耳障りな金属音は聞こえなくて、代わりに男たちの怒声がますます近くなっている。

「何が起こっている?」

「敵襲です」

勝千代の問いかけに答えたのは段蔵だった。

その言葉の意味を飲み込むまでに、数秒必要だった。

「こんな真冬の雪山に?」

下手をしたら遭難しかねない雪山の城に、わざわざ兵を率いて攻めてくるものだろうか。

「サンカ衆です」

「……なんだと」

段蔵の言葉に反応したのは二木だった。

勝千代には聞き覚えのないものだったが、彼には違うらしい。

「まことか?!」

「はい」

二木は外廊下に続く襖に近づき、隙間から外を見た。そして何度も舌打ちし、ぶつぶつと悪態をつく。

城に攻め込んできたのだから、近接の国かどこかではないのか?

「盗人め」「またあいつらか」と吐き捨てるのを聞くに、相当な嫌われ者だというのはわかる。

しかし……盗人? 気になって段蔵の顔を見ると、小さく頷き返された。

「お考えになっている通りです」

村を襲った野盗って、城にも攻撃を仕掛けてくるような過激派集団だったのか?!

御台様の荷を狙った連中は、岡部らが討ち取ったと言っていたが、その報復だろうか。

勝千代は立ち上がり、開け放たれたままの隣室に向かった。

見るのも恐ろしい死体がそこにある。幸いにも周囲が暗すぎて、大量に広がっているのだろう血だまりも、男の死に顔も、はっきりとは見えなかった。

「この者もサンカ衆とやらか?」

死体から数歩離れた位置で立ち止まり問いかけると、弥太郎は勝千代の横で膝をつき、さほどよく調べもしないうちに「違いますね」と断言した。

「サンカ衆は、いうなれば流民。山の民ともいいます。兵として雇われることもあるとは聞きますが、城中奥深くに侵入して暗殺を請け負うようなことはないでしょう」

暗殺。改めて聞いて、ぶるりと身震いする。

父やその側付きたちは、眠り薬を盛られ、前後不覚の状態にされた。

彼らを無力化して勝千代を狙った？　あるいは全員手にかけるつもりだった？

敵の心づもりなどわからないが、真っ先に勝千代の寝所に侵入してきたところを見ると、一番の狙いが誰かは明白だ。

少し顔を上げ、外の騒ぎに耳を澄ます。

例の「ぶお～ぶお～」と奇妙に間延びした音は聞こえなくなっていて、代わりに、ドーンドーンと重いものを叩きつけるような音がした。曲輪の門を破ろうとしているのかもしれない。

脳裏に、昼間に見た、幾重にも曲輪が重なった城の形状が浮かんだ。

連中がここまでたどり着くのに、どれぐらいかかるだろう。

わあわあという人の声はまだ遠い。曲輪をすべて破るのには、まだ時間がかかりそうだが……父が目を覚ますまでもつかはわからない。

座して高みの見物をしている余裕はなかった。

「父上の兵はこの下の曲輪にいるのだな？」

父が連れてきた兵は二十人ほど。武士階級の者ばかりだ。

その全員が薬を盛られたわけではないだろう。二木のように、飲まずにいた者、あるいは飲んだ量が少なくてそれほど効かなかった者もいるはずだ。

そしてその者たちは騒ぎで目を覚まし、仲間たちが不自然に寝入っていることに気づくだろう。

「まずは、眠っている者たちをここに運ぶ」

勝千代の言葉に、二木が振り返る。その眇《すが》めた目つきを無視して、段蔵を見た。

「手を貸してくれ」

黒装束の、長身の男がその場に片膝をつき、頭を下げた。


ここにいてくださいと言われ、素直に頷いた。

眠らされている父の側を離れるわけにはいかないし、これからの仕事に勝千代の手が必要だとも思えない。

することがないというよりも、何もできない現状にやるせない気持ちになった。

言うまでもないが、勝千代は幼すぎる子供なのだ。この小さな手では荷物ひとつ運べないし、何かをしようとしても邪魔にしかならない。誰かを助けるどころか、誰かの手を借りなければ生きていくことすら難しい年齢なのだ。

そのことがひどく悔しく、もどかしかった。

改めて眠り続ける父を見下ろし、唇をきゅっと引き結ぶ。

明かりは消されているので､顔の輪郭ぐらいしか見えない。生きているのはわかるのだが､揺すっても髭を引っ張っても起きないのが怖かった。

何度もその胸に手を置き、規則正しく上下しているのを確かめる。

確認しては手を膝に戻し、また心配になって……と繰り返しているうちに、嫌な想像が膨らんでくる。

このまま目を覚まさなかったらどうしよう。鼓動が弱まり、止まってしまったら……そんな不安ばかりが募り、父の配下たちが運び込まれてくる頃には、口元から手を離せなくなっていた。

「……若君」

半べそ顔で父に縋りついている背中に、弥太郎が手のひらを置く。

振り返り見上げた顔は、陰になっていてよく見えなかったが、こちらを気にかけている感情だけは伝わってきた。

泣き言を言おうとして、言葉を飲み込む。

やはり二木以外にも眠らなかった者はいたようで、弥太郎の背後では複数の人間が慌ただしく動き回っているのが見えたからだ。

次々に運ばれてくる者たちの、まるで死体のようにぐったりとした様子に血の気が引く。

そうだ、意識を失っているのは父だけではない。

「雨戸を閉め、篝火《かがりび》を焚け。目を覚ましている者は武装し、中の様子を誰にも悟らせるな」

弥太郎には見えているだろうが今さらだ。ぐいと目元を拭い、周囲にも聞こえるよう声を張る。

「周囲にそれらしく見せるだけでよい。とにかく、この場所に誰も近づけるな」

少なくとも、父が目を覚ますまでは。

ここは本丸の中の、奥殿と呼ばれる一角にあたる。本来であれば城主とその家族が住む生活空間だ。山城なので大きくはないが、敷地の最も奥まった場所にあり、攻め込まれるとしたら最後の曲輪だろう。

勝千代の指示を聞いた何人かが、ガタゴトと雨戸を閉めはじめる。

ただでさえ暗い室内が一層闇色に染まり、勝千代の目には父の姿さえあやふやになってくる。

ふっと、傍らで明かりがともった。暗くしておく必要がなくなったので、灯明がつけられたのだ。

そのひどく頼りない明るさですら眩しく感じながら、目を細め、隣の部屋を見る。

敷物もなく板間に転がされているのは、二十名近く。

眠り薬から逃れることができたのは、ほんの数名だったようだ。

そのうちのひとりである二木は、両脇に皆のものなのだろう刀や防具を抱え、頻繁に部屋を出入りしていた。

始終ぶつぶつと文句を言い続け、時折転がっている仲間を蹴飛ばしているように見えるが、きっと気のせいだろう。

……いや今思いっきり頭を蹴ったな。蹴られた人、怪我がないといいけど。

勝千代は、ちらちらと向けられる視線に耐えながら、父の傍らにちんまりと座っていた。

父の部下たちとの交流はまるでない。

こういう状況だと、二木以外の誰の名も知る機会がなかったのはまずかった。

今も、ばたばたと荒い足取りで勝千代の前までやってきた男が、膝をついて頭を下げるが……どこの誰さんかわからない。

「申し上げます」

まっすぐ見つめられ、勝千代はこてりと首を傾けた。

「建物周辺に歩哨《ほしょう》を立て、篝火を焚きました。すぐそこに下の曲輪につながる門がありますが、どうされますか」

やけに挑発的な口ぶりに聞こえた。

いかつい男だ。への字に結ばれた唇が、頑固そうに見える。

どうしてそんな態度を取るのだろうと考えて、ややあって「ああそうか」と思い至った。

勝千代が父の嫡男なのは確かだが、家中での評判は悪い。

武人として名高い父とは違い、病弱でうすのろとさえ言われている。

いくら父が溺愛していようとも、いやだからこそ、その麾下にある者たちは勝千代を父の後継者とは認めたくないだろう。

桂殿たちの数年にわたる印象操作が大きい。虐待のことまでは知らなくとも、利発な年長の庶子を後継ぎに据え替えたいと考える者がいても不思議はないのだ。

本音を言えば、嫡男云々というのはどうでもよかった。

むしろ武士など向いていないから、異母兄が継いでくれても一向に構わない。

ただ、そのために幼い勝千代を虐待し、命まで狙ってくるのは違うだろう。

諸々とその暴挙を受け入れる義理などないし、むしろそういう正道から逸れるやり方で、うまくいくと思わないでほしい。

「歩哨を立てよ。篝火を側に置き、さも厳重な封鎖をしているように装え」

勝千代の子供子供した可愛らしい声が、薄暗い部屋に響いた。

目の前にいた男をはじめ、二木までもが何事かとこちらを見ている。

勝千代は大きく息を吸った。

父を守るのだ。そう思えば、腹が据わった。

「本殿に残っている兵はそれほど多くない。襲撃があるとすればその木戸からだろう。押し入ろうとした者に警備が薄いと思われぬよう」

装え？　違う。備えろ？　これも違う。

勝千代は一息ついて、唖然としている大人たちに強い口調で命じた。

「何人《なんびと》も通すな」

一瞬の沈黙ののち、大人たちは動いてくれた。

それからしばらくして、木戸方面が騒がしくなった。

どやどやと武装した者の足音が斜面を登ってくる。

「そこを通せ！」

ものすごく通る大きな声が外から聞こえる。

「ええい！　なんの権限があってこのような‼」

聞き覚えがありすぎる大音声だった。

勝千代は、ひそかに深呼吸して心を落ち着けようとした。

誰も近づけるなと命じたが、城主相手では押し返せないかもしれない。

城主の岡部二郎が、友好関係にあるはずの父の部下たちを押しのけ、木戸を破って押し入ろうとしていた。

城が敵襲を受けているさなか、何故彼がここにいて、どうしてそんな行動に出るのか……。予想が悪い方向に当たったたようだ。

木戸を強引に押し開く音がする。

勝千代は、まだぐっすりと眠っている父を見下ろした。隣の部屋の男たちも起きる気配はない。

意を決して立ち上がった。


真っ先に感じたのが、「怖い」という感情だ。

大声で喚き、怒り心頭の表情で腕を振り回しているのは、この城の主である岡部二郎。

中の人が初めて本格的に目にした、完全武装の武将姿だった。

武骨な兜は赤く、横に張り出した脇立の飾りが牛の角のようだ。頬当ての金物がぎらりと光り、猛々しい。

足をすくませ立ち止まりそうになったのは一瞬。

勝千代は腹の底に力を籠め、まっすぐに歩を進めた。

「岡部殿」

勝千代の声など、張りもなく、通りもせず、幼い子供特有の舌足らずだ。戦場を難なく突き抜ける武人の怒声に比べれば、すぐにかき消されてしまいそうに貧弱なものだった。

「どうされましたか」

だがしかし、そのときは、やけにすんなりと相手に届いた。

「勝千代殿！」

がばっと全身でこちらに向き直り、これだけ離れているのに耳が痛くなるほどの大声で名を呼ばれる。

兜と頬当ての陰になったふたつの目が、まるで飢えた獣のようにぎらついて見えた。

「これはいったいどういうことか⁈」

食い気味に、畳みかけるように怒鳴られ、恐ろしさに肝が縮む。

しかし、ここで引くわけにはいかない。

勝千代の背後には、無防備に眠る父とその配下たちがいるのだ。

「それはこちらがお伺いしたい」

近距離だったら怯んで黙り込んでいたかもしれないが、幸いにもふたりの間は適度に開いていた。

勝千代は意図的にゆっくりと、舌足らずにならないよう言葉を続けた。

「今の状況で、総大将たる岡部殿が、なぜこちらにいらっしゃるのでしょう」

問題児相手と一緒だ。ここで目を逸らしたら負けだ。

「何か確認したいことでも？」

岡部の手は、勝千代が見た最初から刀の柄を握り締めている。

その背後に続く十人以上の男たちも、ひとり残らず臨戦態勢だ。

対して、篝火の側にいるこちら側の人間はふたり。勝千代の背後には段蔵と弥太郎を含めても五人。岡部は味方だと思っているからだろうか、歩哨は戸惑った顔をするだけで、刀に手をかけてもいない。

まるで張り詰めた糸の端を握り締めているような感覚だった。

この糸が切れれば、外にいるふたりが真っ先に死ぬだろう。そして岡部たちはそのままの勢いでこちらに駆けてくる。数秒もかかるまい。

あの武骨な刀や槍を振りかぶり、勝千代を切って捨てる。そして、無抵抗な父たちをも手にかけるのだろう。

ドクドクと胸の鼓動をやけに大きく感じた。足がすくむ。手も震えている。

これまでほんの少しだけ、違うのではないか、という期待があった。

医者の手配やその他もろもろ、客としてもてなしてくれたのは確かだからだ。

理由は勝千代ではなく父だろう。当初は今川家の前線指揮官まで殺すつもりはなかったのかもしれない。

だが、今の岡部が止まるだろうか。ここまでやって、眠り込んでいる父だけを見逃すだろうか。

いいや全員の口を塞ごうとするはずだ。村の襲撃を含め、何もかもをなかったことにするために。

どんどんどん！　どんどんどん！

夜襲が本格的な戦に発展したのだろう。一定のリズムで陣太鼓の音が聞こえてくる。

岡部がちっと舌打ちし、ぎろりと勝千代を睨みつけた。

明確に敵だとわかれば、やるべきことは一つだけだ。

ここを死守する。

父たちを守るため、一歩も引くわけにはいかない。


岡部が苛立っている理由は明白だ。

真っ先に殺したはずの勝千代が、まだ生きているから。あるいは、眠り込んでいる父たちを殺すのは、簡単な仕事のはずだったからだ。

このタイミングでのサンカ衆の襲撃も、予期せぬ出来事だったのだろう。

曲輪のどこかが破られたのか、戦戟の音が明らかに近づいてきている。

「行かなくてもよいのですか？」

意図的にゆっくりと問いかけた。

露骨な敵意をまとった沈黙は、正直、膝ががくがく震えそうになるほど恐ろしかった。

だが背後にいる父を、無抵抗に横たわる男たちを守るためには、ここを通すわけにはいかない。

対峙する大人と子供。パチパチと篝火が燃え立ち、その間もずっと遠くで陣太鼓の音が鳴り続けている。

「こちらのことは、お気遣いなく」

「……勝千代殿は」

岡部は唸るような声で何かを言いかけ、続く言葉を飲み込んだ。

勝千代が、有無を言わさずにっこりと笑ったから。

「やるべきことを、なさってください」

煽ったつもりはない。

まず自分の城を、家中の者を守るのが先だろう？　そう言ったつもりだった。

しかし岡部は、この距離でも聞こえるほどギリギリと奥歯を鳴らし、なお一層の殺気を振りまきはじめた。

まずいかもしれない。

篝火の側にいたふたりが、ようやく危険に気づいたようにじりじりと後ずさる。

勝千代も逃げ出したかったが、引き下がるわけにはいかない。

まさに一触即発。何かのきっかけがあれば、岡部は抜刀し、こちらに切りかかってきただろう。

しかしそうなる寸前、勝千代の視界を遮ったのは大きな背中だった。

段蔵かと思った。

いや、それよりもっと巨躯の、そびえたつような背中だ。

ガコン！　と地響きを伴う音がして、その太い腕が床に突き立てたのは長大な槍の柄。

「……岡部えぇっ！」

鼓膜が一瞬仕事を放棄した。

それほど、至近距離からの怒声は凄まじかった。

「貴様あぁぁっ」

……父だ。

無事目を覚ましたのかという安堵よりも、両耳を塞ぎたい衝動のほうが先にきた。

父は夜着の着流し一枚、防具どころか、この寒空にまともに着衣も着込んでいない。

槍を握る腕は袖がまくり上がり、踏ん張る足もまた脛をさらした素足である。

……前から見てないからわからないけれど、帯も緩いから下帯まで剥き出しかもしれない。

しかしそんな状態でも、勝千代の前で仁王立ちになる姿は圧倒的で、この場にいる誰よりも威圧感があった。

恵まれた体躯だとは思っていた。

重そうな槍を振り上げ構えるその姿は、まるでアニメかゲームの強キャラのように、言葉では言い表せない強烈なオーラを放っていた。

槍を握る腕はパンプアップし、血管が浮いている。

ギリギリ見える背中から首筋の筋肉も、大きく膨らんでいる。

篝火を背景に、獣のような声を上げ、敵を威嚇する様は、もはや人間の範疇にないようにすら感じられた。

これは……怖い。

岡部が眠り薬という手段に出た理由も、わかる気がする。

「ま、待たれよ福島殿！」

案の定、岡部は刀の柄から手を離し、両手をこちらに向けて宥めようとした。

たとえ着流し姿だとしても、力で勝負して勝てる気がしないのだろう。

「黙れぇぇ！　裏切者がっ！」

しかし、勝千代は気づいてしまった。

その腕に、足に。着物から出ている部分にある、無数の古傷に。

父は不死身でも無敵でもない。薬を盛られたら眠ってしまうし、油断したら怪我もする。

どんなに強そうに見えたとしても、数の暴力には勝てないだろう。

今、岡部の背後にいるのは十数名の武士たちだ。だがこの城の兵はそれだけではない。少し離れた砦を含めると、十倍二十倍、いやそれ以上の配下がいるだろう。

そのすべてと敵対して、果たして無傷でいられるのか？

父は目覚めたばかりだ。体調は万全とは言えないだろう。武装もしていないから、直接攻撃はまだしも、遠方から矢を射られたら負傷も免れない。

勝千代は大きく息を吸った。

「父上」

頭に血が上っている状態で、果たしてこの声が届くだろうか。

「城が攻められています。サンカ衆とのことです。いったん下がり、対策を」

父が目を覚ましてしまった今、岡部に両方に対処する余力はないだろう。

そしてどちらを先に、となれば、サンカ衆を選ぶに違いないのだ。何故なら……。

「火矢を射られたぞ！　消火せよ!!」

遠くからそう怒鳴る声が聞こえてくる。

先ほどからずっと木材が燃える燻ぶった臭いが漂ってきていて、城のどこかで火がついたのだとわかる。

木造建築における火災は天敵だ。勝千代ならそちらを先に対処し、改めて軍勢を整えて父に向かうだろう。


「お勝」

父の太い声が、ずしりと耳に届いた。

「よう頑張ったな。さすが我が息子だ」

「……え」

「問題ないゆえ、少し下がっておれ」

「若君」

肩に手を置かれ、振り返ると、目覚めている父の配下の者たちが軒先に並んでいた。

少人数だし、皆それぞれ軽装のままだが、手には武器を持ち、油断なく岡部らを睨み据えている。

二木が勝千代を腕に抱え引き下がると、代わりに体格のよい男たちが一歩前に出た。

「待って、父上が」

抵抗はあっさり無視された。

しかしそれは正解だったと思う。何故なら、ぶぅん！　と物凄い風切り音を立てて、父が槍を振り回したからだ。

岡部は無言で逃げ出した。

勝千代でもそうする。

父はふん、と鼻を鳴らしただけで深追いしなかった。

篝火の横にいたふたりに、目前の木戸を封鎖するように命じ、こちらを向いた。

「父上」

勝千代は、細目の男にがっつり抱え込まれたまま手足をパタパタ動かした。

「今のうちにここから出ねばなりません。サンカ衆の襲撃が収まれば、岡部は手勢を連れて戻ってきます」

こちらの手勢は約二十数名。本丸の曲輪どころか、奥殿を占拠しきるにも数が少なすぎる。

父は一生懸命そう訴える勝千代をまじまじと見下ろして、破顔した。

「お勝」

傍らの男に槍を預けてからこちらに手を伸ばし、二木からひょいと奪って高い高いをするように持ち上げられた。

「そなたは実に賢いのう」

いや、今はそんなことを言っている場合では……。

「だがこの父が、岡部程度に後れを取ると思うてくれるな」

「ですが、眠り薬にやられたではないですか」

「……う」

「いくら父上がお強くても、窮鼠猫を噛むと申します。足元から大量の鼠が這い上がってきては、怪我のひとつぐらいなさいましょう」

少し言葉の使い方が違う気もするが、意味は伝わると思う。たった二十数名で、数百人、もしかするともっと大勢の敵と戦うのは、勇敢ではなく蛮勇というのだ。

「ふははははっ！」

堪えきれない様子で笑ったのは、意外なことに二木だった。

いや彼だけではない、集まってきていた男たちもまた、口元を押さえて肩を揺らしている。

父もまた、息子の言葉にへにょりと眉を垂れさせてから、小さく噴き出した。

「……鼠か」

笑われてむっつりと顔をしかめた勝千代の頭を、父はその大きな手で何度も撫でた。

一生懸命話をしているのに笑われるとは。

父以外の、薬を飲まされた者たちはまだ眠ったままだ。

室内に戻り、ドシンと音を立てて座り込んだところを見ると、父も見た目ほど平常ではないのだろう。

「白湯をお持ちしましょう。水分を多く取れば、その分早く薬も抜けます」

二木の言葉に軽く手だけを振って、父はもう一度、勝千代の頭を撫でた。

「すまんなぁ、そなたを危うい目に遭わすつもりはなかったのだ」

「大丈夫です。怪我もありません」

「だが、恐ろしい思いをしただろう?」

「はい」とも「いいえ」とも答えられなかった。

実際、命の際を垣間見る体験が恐ろしくないわけがない。

しかし、喉元を過ぎたその恐怖よりも、あんなにも強そうに見えた父の手が細かく震えていることのほうが気がかりだった。

何か変な薬だったのではないか。父の身を蝕むよくないものだったらどうしよう。

これまでとは別の意味での恐怖と不安で、胸が締め付けられる。

側付きたちに身なりを整えてもらっている父の側で、己の顔よりも大きな手をじっと見つめる。

震えはそれほど大きくなく、次第に治まっているようにも見えるが、勝千代の凝視に気づき懐に隠されてしまった。

「このまま何もせずにいては、囲まれてしまいます」

繰り返し勝千代が前のめりになって言うと、父はその髭面を困ったようにしかめた。

「皆が目を覚ますまではここを動けん。最悪を考えれば、そなただけでも先に……」

「いいえ！」

勝千代はぎゅっと、父の袖を掴んだ。

「何か手立てを考えましょう」

「手立てなぁ」

素人考えだが、城内が混乱しているうちでないと、身動きできなくなると思うのだ。

この曲輪から外に出る手段など、岡部のほうがよく知っている。今は手薄かもしれないが、時間が経てば経つほど対策は練られてしまうだろう。

サンカ衆は流浪民の集団だということだから、おそらくはそれほどの数はおらず、装備も貧弱なのではないか。本来、城とは攻めるに難く守るに易い。素人がどれほど集まろうが、そう簡単に落とせはしないはずだ。

今はまだ、攻勢が弱まった気配はしないが、あとどれぐらい時間が残されているか……。


遠くで、わあわあと叫ぶ男たちの声が聞こえる。大きなものを壊そうとしているのか、ドーンドーンと破壊音もする。

火が出ているのだろう、湿った木が燃える燻ぶった臭い。バラバラと何かが崩れ落ちる音。

時折、誰かの悲鳴も聞こえてくる。

ああ、ここは戦乱の世なのだ。

勝千代は改めて、背筋が凍るような怖れを感じていた。

悲観する一方で、強い決意もある。勝千代は死なない。父も死なせない。そのためには、一刻も早くこの城から離れるべきだ。

「……サンカ衆とは、野盗のような者たちなのですよね」

父が無造作にもう一度、勝千代の頭を撫でながら頷く。

「まあそうだな」

「どれぐらい時を稼いでくれると思いますか」

父が言うように、眠り込んでいる男たちに目を覚ましてもらわなければ、どうにもならない。

ただでさえ寡兵なのだ、立てこもるにせよ、脱出するにせよ、ひとりでも多くの戦力が必要だ。

「村や小規模の町を襲う話はよく聞くが……わからんな」

「それはつまり、本来は城を襲うような連中ではない、ということですか？」

「初めて聞く話だ」

ものすごく嫌な感じがする。

もしかするとサンカ衆ではないのかもしれない。いや、サンカ衆だったとしても、何者かの指示や援助を受けて、この城に攻め込んだのかもしれない。

「父上」

勝千代同様、眉間にしわを寄せ考え込んでいた父の袖を、再びクイクイと引いた。

「誰かが、城もろとも父上を葬り去ろうとしているのですか?」

周囲がぎょっとしたのがわかった。父も目を丸くして、勝千代を見下ろしている。

誰も何も言わない間が数秒。

その直後、バキバキバキッ！　と耳にやさしくない音とともに、ズシン、と尻が揺れるほどの地響きがした。

見なくてもわかる。どこかで大きな建物が倒壊したのだ。

幸いにも少し遠いが、それは安心材料にはならない。

「段蔵」

これまでは視界の隅にもいなかった男が、勝千代の呼びかけに反応した。

「どこかに岡部殿の奥方とご子息がいるはずだから、保護してきて」

いつの間にか黒装束を改め、地味な下級武士の格好になっていた段蔵は、それほど離れていない場所にずっといたのだろう。

気配だけで死角から出てくる、という器用な真似をして、軽く頭を下げてから立ち上がる。

「弥太郎」

「はい」

「多少強引でもいいから、皆を起こせる?」

「気付け薬がありますが……」

「うん、お願い」

弥太郎がそれを最初に使わなかった理由はすぐにわかった。

彼が部屋の隅に置いていた薬箱から取り出したのは、油紙に包まれた薬らしきもの。その包みを開けると、かなり離れているのに強烈な刺激臭が鼻を突く。

忍びが使うには臭いが強すぎるように思うし、そもそもそんなものを嗅がされたら、しばらく鼻が利かなくなりそうだ。

起きている者は例外なく仰け反り、眠っている者も顔をしかめるほどの危険物を持って、弥太郎が男たちの間を回りはじめる。

「父上」

あっけにとられた表情で弥太郎を見ていた父が、はっとしたように勝千代を見下ろした。

「本丸を燃やしてしまったら、あとで父上が叱られますか？」

「燃やす？　火を放つのか？」

「今、下の曲輪から火が出ています。本丸まで炎上してしまえば、大混乱です」

つまり、それに乗じて逃げましょう、と提案しているのだ。

「ふむ」

父が顎髭に手を当てて思案した。

それほど時間を置かず、もう一度勝千代をじっと見てから、「よかろう」と頷く。

「その前に装備を整えねばならんな。そなたはここで火鉢にでもあたっておれ」

すくっと立ち上がった父は、見上げると首が痛くなるほど大きい。

頼もしいその巌のような体躯に「はい」と素直に返事をして。

ちょうど目線の高さにある岩石のようなこぶしが、震えていないことに安堵した。

居並ぶ男たちをものともせず、目を怒らせているのは、ぼってりとした唇が特徴的な女性だ。この時代にしては背が高めで、体格がいい。

見るからに面倒そうな父に代わって、岡部の奥方に対しているのは二木だ。

しかし、彼女が睨んでいるのは最上座にいる父だった。

そして勝千代は、岡部の嫡男である一朗太《いちろうた》少年の隣に座って、その袴の端をぎゅっと握っている。

拒まれたから、時間がなかったからと、強制的にここに連れてきたのがよくなかった。

段蔵には「丁寧に」保護するようにと言うべきだったのだ。

事情を知ってか知らずか奥方は反抗的で、まるで敵でも見るような目で父を睨んでいる。

「無理に勧めはしません。我らがお声がけをしました善意を汲んでいただければ……」

「人質になさるおつもりでしょう！」

奥方は二木の提案など最初から聞く耳を持たず、強い口調で遮った。

こんな状況なので怯えはしているが、かなり気丈な物言いだ。

「……まあ、違うとは申せませんが」

「そのような卑劣が許されるはずはありません！」

臆さぬ厳しい口調に、男どもが一気に辟易した雰囲気になる。

「はあ」

二木はお手上げとばかりに視線を逸らした。

おい交渉役。早々に諦めるなよ。

「……どうされますか」

どうしてこっちを見るかな。

勝千代はちらりと、隣で身を固くしている一朗太少年を見上げた。

大勢の武装した大人に囲まれ、カチコチになっている彼は、勝千代が強くシンパシーを感じる雰囲気の持ち主だった。

この時代特有の逞しさに欠け、見た目からして穏やかで、刀を持つより筆を持つのを好みそうな……普通に令和の時代にいるような少年である。

こんな子を巻き込むのは可哀そうだ。心底気の毒に思うが、どうすることもできない。

「では、お残りになられますか」

勝千代は、こてりと首を傾げながら言った。

「我々も身を守らねばなりません。諾々と殺されるのを待つわけにはいかないのです」

目を真ん丸にしてこちらを凝視する奥方に、「あれ?」と思いながら言葉を続ける。

「残られるのであれば、奥殿から離れておくことをお勧めします」

ぎゅうと少年の袴を握りながらそう言うと、こぶしの下の太ももがビクリと動く。

見上げたその表情に強い怯えを感じ取り、ようやく喋りすぎたことに気づいた。

そうだ、普通の三、四歳児はこんな風には話さない。

男ばかりの集団はともかくとして、子を持つ母なら余計に異様に感じるのだろう。

そっと、少年の袴から手を離した。

怖がらせてごめんなさい。そう言いたかったが、さらにもっと藪蛇になりそうだったので素直に口を閉ざしておく。

不意に、父が立ち上がった。

一朗太少年がその場から飛び上がらんばかりに怯え、震えだす。

奥方の顔が真っ青になり、何かを言おうとハクハクと口を開閉させるが、言葉にならない。

ずんずんと床が揺れそうな重量感で、しかしあまり足音を立てない不思議な歩き方をして、父が近づいてきた。

部屋には複数の灯明がともされてはいるが、まだ夜明けは遠く、闇が深い。

身体の大きな父は、影が大きく膨らむことで余計に巨躯に見えており、下から見上げると巨人どころか小山のようだった。

ぬっと太い腕が伸びてきて、隣から聞こえたのは「ひいいっ」と細い悲鳴。

むしろその悲鳴のほうに驚いてしまった勝千代を、ひょいっと抱き上げたのはもちろん父だ。

「好きになされよ。我らはもう出ますゆえ」

父はそう言って、勝千代を抱いたまま部屋を出ようと背中を向けた。

勝千代がふたりを探してもらったのは、本丸に火をつけるのなら、どこかにいるであろう彼らを巻き添えにするのに気が引けたことと、途中で岡部殿らと出会ったときに牽制になると考えたからだ。

しかし足手まといになることも事実なので、そんなに嫌だというなら置いていくしかない。

そんな風に考えた、ちょうどそのとき。


ごごごごご……。

地鳴りのような低い音がした。

ついぞ聞いたことのない、地の底から聞こえてくるような音だった。

勝千代はとっさに父の頑強な首に縋りつき、何事かと周囲を見回す。

開け放たれた襖の向こうには雪の積もった庭があり、さらにその奥にこの山城で最も背の高い望楼と呼ばれる建築物が見える。

煌々と明かりがともされたその建物の向こう側から、黒い大きなモノが覆いかぶさるように迫っていた。目も耳も頭も、それがなんなのか認識することはなかった。

「……撤収！」

ズキン、と両耳に激痛が走るほどの大音量で、父が叫んだ。

そのあとのことは、あまりにも目まぐるしくてよく覚えていない。

ただ、まだ外に出る支度ができていなかった勝千代にとって、防寒着もなく直接冷凍庫に放り込まれたような過酷さだった。

視界は闇色で塗り潰されていた。

今は夜だ。月もない。さらに言えば、どこかで上がっているはずの火の手も、戦っているのであれば松明などを持っている者もいたはずなのに、それらの光源がまったく視界に入ってこない。

途中からは父の陣羽織を頭からかぶせられたので、余計に何も見えなくなった。

時間の感覚があいまいで、どれぐらい経ったかわからない。

ようやく父の動きがゆっくりしたものになり、やがて止まった。

ひどく寒くて、ひどく暗い。聴覚からも視覚からも、なんの情報も入ってこないのが恐ろしかった。しがみついている屈強な身体と、ほのかに伝わってくる体温が、唯一縋れるものだった。

どれぐらい経っただろう。

陣羽織がめくられ、確認するように顔を覗き込まれて目が合う。

周囲がよく見えないのは夜だからだ。それでもはっきり父の顔がわかるのは、目がこの暗闇に慣れてきたのと、若干だが雪の照り返しがあるからだ。

「だいじないか?」

「……はい」

何が起こったのだろう。あれほど喧騒に満ちていたのに、今では逆に恐ろしいほどの静寂に包まれている。

ザクザクと雪を踏みしめる音がした。

「殿！」

一つ目の足音がしてすぐに、二つ三つと増えていく。

しがみついた父から、勝千代にはついぞ向けられたことのない厳しい声が発せられた。

「被害は」

「わかりませんが、我らのほうは脱出に間に合ったと思います」

対するのは二木だ。

その平常運転の口調に何故か安心して、ようやく腕の力を緩めて顔を上げた。

暗がりに見えるのは雪、雪、雪。

光源がないので近い場所しか見えないのだが、圧倒的な重量で押し潰された木々の残骸と、ほんの少し見えているのは建屋の屋根か？　埋もれた人間の足だけが一本……いやそれだけではない、あちこちで人間の手足が雪の中から飛び出している。

見える範囲での惨状に、ぞっと背筋が震えた。どうなっている？　何人が死んだ？

状況がわからないので動くに動けず、手探りで助け出せる者だけ助けて、日が昇るのを待つしかなかった。

寒さに震えながら夜明けを待ち、次第に明らかになってくる惨状に言葉も出ない。

雪崩がすべてを飲み込んだのだ。

第五章　雪崩

この城は山の中腹に建てられている。

日本の山岳特有の、なだらかな稜線《りょうせん》がつながる途中を遮るように建ち、中腹の開けた部分に本丸が、そこより下に段々に曲輪が付け足されたような形状をしている。

雪崩はまず本丸の曲輪を半分ほど飲み込んだ。そしてそのまま下のほうまで流れていき、城全体のおおよそ三分の二ほどが雪の中に埋もれてしまっている。

夜が明けて、被害の状況がはっきりわかってくるにつれ、事の異様さが明らかになってきた。

そもそもここは、巨大雪崩が頻発するような土地ではないのだ。

背後に切り立った高い山があるわけではなく、今年の積雪が特に多かったわけでもない。

雪崩が起こるにしても、せいぜい雪かきした道が塞がれる程度。築城以来一度としてなかったことが、よりにもよって昨夜、城が奇襲を受けているさなかに起こったのだ。

明らかに異常事態だ。

勝千代がそれに違和感を抱き、人工的に起こされたものかもしれないと思ったのは、そういう技術が遠い未来に生まれることを知っているからだ。

この時代にそれが可能かどうかはわからない。おそらくはまだ鉄砲は伝わっていない時代だし、火薬にしても日本に渡来してきているか微妙なところだ。

いや、技術と工夫が得意な日本人だから、絶対に無理だとは言えない。たとえば……大きな岩を落として雪が崩れるのを誘発するとか。

「若君？　もう少し食べましょうね」

風の当たらない縁側に座り、荒唐無稽な思索に耽っていた勝千代を急かすのは弥太郎だ。

冷めきった粥を無意味につついていたことに気づき、はっとする。

「いや、もうお腹が」

「食べましょうね」

「……はい」

やけに圧をかけてそう言われ、渋々と口に運ぶ。

食べる速度が遅いうえに、一口が小さいので、湯気が立っていた粥はあっという間に冷めてしまって、あまりおいしくない。

ちなみに玄米と雑穀の茶色いお粥である。味付けは塩のみ。状況が状況だけに贅沢は言えない。だが、早く米蔵を掘り起こして白飯に戻してほしいとひそかに願っている。

「あ」

遠くから父が戻ってくるのが見えた。周囲から頭一つ分も突き抜けて長身なので、すぐにわかる。

立ち上がって迎えようとお椀を横に置いたが、すぐにまた手に持たされてしまった。

「ちゃんと食べきってください」

さすがに誤魔化されてはくれないか。

ちなみに勝千代以外に用意されたのは、手のひらより大きなサイズの握り飯だ。

玄米と雑穀とを混ぜたものなのは同じだが、冷めてドロドロした粥よりもよっぽど美味そうに見える。実際に美味いとも思う。

大きめの皿にドンと盛り付けられた握り飯を、父とその配下の男たちがあっという間に平らげていく。ぱぱぱぱっと四方から手が伸びてきて、瞬きするたびにコマ送りで減っていく感じだ。

冗談のようなその減り方に見とれていると、「そなたも残さず食べるのだぞ」と、父にまで釘を刺されてしまった。

見下ろした椀の中には、冷めきったドロドロの粥。

口に運びなんとか飲み込むが、やはり食は進まなかった。

「被害の状況はどうでしょう」

粥と白湯とを交互に飲み込み、なんとか完食してから、気になっていたことを尋ねた。

ここは本丸で無事だった唯一の建物。もともとは倉庫として使われていたところだ。

水回りが近く、併設していた厨も無傷だった。

勝千代の耳には、生き残った者たちが懸命に働く物音が聞こえている。

大勢の腹を満たすため、フル稼働で炊き出しをしているのだ。

「雪崩に兵の半分はもっていかれたな。正確な死者の数はまだわからんが、負傷者が多い」

「……そうですか」

現代の日本でも、災害は容赦なく人々を襲った。自然の力に抗うには人間はあまりにも非力だ。

「岡部殿は」

「まだ見つからん」

倉庫の奥のほうにある衝立を見ながら小声で尋ねると、父は表情を険しくして言った。

城主である岡部がいないとなると、この場の責任者は誰になるのかという問題が発生する。

嫡男である一朗太少年はまだ元服前の子供だし、次席の男は文官だ。いや文官が悪いとは思わないのだが、武家では奥向きの仕事を専門にしている者がトップに立つことはまずない。

現場指揮官の多くがサンカ衆との戦いに出払っていて、岡部同様、雪崩に巻き込まれてしまった。

幸運が作用し生き延びた者の多くは下級武士で、この場を率いるには不足だ。

つまり、現在この城の武士たちを率い救助活動の指揮をとっているのは父なのだ。

若干納得がいかないところもある。岡部には裏切られ殺されそうになった。雪崩が起こる前は、本丸を炎上させて落ち延びようとしていたのだから。

だがこの場にいる今川の武将は父だけで、周囲の者たちは指揮の代役になんら疑問を持っていない。

唯一の例外が、岡部の奥方だった。

彼女はいまだに、父が夜襲のさなかに城を見捨て逃亡しようとしたと思っている。

一朗太少年のほうは真っ青な顔をして何も言わないが、雪崩から逃げる途中に足を折った奥方は、高熱にうなされながらも父を糾弾した。

奥方は岡部が不在ならば嫡男の一朗太少年が城主を継承するべきだと主張した。

ある程度の兵力が残っていて、城も無事だったなら、その主張に耳を傾けた者もいたかもしれない。しかし……いや、万が一にもその目はない。

というのも、ここは岡部家の所領ではなく、今川家から国境警備のために任された出城なのだ。他家の領地について口出ししているわけではなく、信濃との国境線に最も近い城を、このまま放置はできないというのが父の考えだ。

今川家でも屈指の武将である父と、元服も初陣もまだの子供。サンカ衆の夜襲と雪崩、度重なる災禍にノックアウト寸前の人々にとって、頼りになるのはどう考えても前者だろう。

「二の丸のほうに移るか？」

岡部の奥方は、意識が戻るたびに激しく父を罵る。

父はまったく意にも介していないが、ここには父の部下たちで怪我を負った者もいる。彼らから報告を受けたのだろう、勝千代の顔色を読むようにそんなことを言う。

「いいえ」

「……だが色々言われるのだろう？」

「奥方は混乱しておいでなのです」

まあ、はっきり言ってしまえば、目を離したくない。

「岡部殿が早く見つかるとよいのですが」

勝千代はもう一度、衝立のほうを見ながらつぶやいた。

父も報告を受けているだろうが、状況は若干怪しい。

生き残った文官のひとりに、やけに目立つ動きをしている者がいるのだ。城の機能を立て直そうとしているだけならいいのだが、奥方の苛烈さに逆らわない様子なのが気になる。

衝立の付近で女中たちの動きが活発になった。長く寝込みがちの奥方が目を覚ましたのだろう。父の表情は変わらないが、周囲の男たちの表情が煩わしげにしかめられる。

またあの罵声を聞かなければならないのかと思うと、うんざりするのは理解できる。

だが今は、父がいるなら大丈夫だろう。奥方はひどく父を恐れており、面と向かって強く文句を言えないのだ。

「母上！」

衝立の向こうから一朗太少年の声がする。騒ごうとした奥方に、父が戻ってきていることを知らせたのかもしれない。

たちまち衝立の向こうは静かになり、父の配下の者たちの視線がしらっと四方に散る。

勝千代はすっと立ち上がった。

「お勝？」

「奥方に今日の進捗を知らせておくべきです」

まだ雪崩が起きてから一日経っていないので、生存の可能性はある。

しかし彼女は城主岡部の奥方なのだ。最悪を考慮して、覚悟を決めておかなければならない。

「そなたが話す必要があるのか？」

父はあまりよい顔をしないが、コミュニケーションは重要である。

面と向かって話をすれば、余計な誤解を招くことも少ないだろう……というのは建前で、勝千代がこまめに話をすることで、会話の窓口を開けておきたいのだ。

おそらくだが、奥方は岡部の裏切りを知らない。

誰かからそれを聞かされた場合、どう動くかが気がかりだった。

夫の罪に衝撃を受ける？　遺志を継ごうとする？

奥方の気持ちがどちらに振れるかわからないが、父と勝千代がこの地を去るまで、余計な動きはしてほしくない。


この時代にやってきて、一番の衝撃はなんだったと思う？

人が簡単に死ぬこと、暴力への垣根の低さ、もちろんそれもある。

だが勝千代の中の人にとって最もショックだったのは、ぶっちぎりで衛生事情だ。

誰も毎日歯を磨いたり、風呂に入ったり、髪を洗ったりしないのだ。それだけでもかなり衝撃的なのだが、もっと強烈に引いたのはトイレ、厠だ。

知っているか？　昔って尻を拭く紙がなかったんだぞ。

よく考えたらわかることだが、この時代はまだ紙が貴重品だ。

城にいる大勢の尻を拭くために、そんな高価なものが使えるはずもない。

ではどうするかというと、ちゅう木という長いアイス棒みたいなものできれいにする。俗にいう糞ベラだ。

柔らかい木質なので痛くはないのだが、一度できれいになるはずもなく、何本も使うとストックがなくなってしまうので、それも気を使う。

しかも！　使用済みの糞ベラは洗って再利用するそうだから、捨ててはいけないのだ。用を足しながら、他人の大便がこびりついた糞ベラを眺めていなければならない……鬱だ。

しかも、勝千代は幼いので、まず勧められたのが樋箱《ひばこ》という名前のオマル。

大勢の人がいる部屋の中で出せと。しかも糞ベラで拭えと。

……やめてほしい。恥ずかしくて死ぬ。

ヨネとふたりきりのときだって、ちゃんと厠に連れていってもらったぞ。

そんなこんなで大人と同じように厠を使っているのだが、まだ問題はある。厠は大人用だということだ。つまり穴から肥溜めにドボンと落ちる危険があるので、ひとりで使わせてもらえないのだ。

恥ずかしいよ！　恥ずかしいけど……オマルは嫌だ。

そのうち子供でも落ちないように、手すりなり小さな便座なり作ってみようと思う。

このように、衛生面でかなり文明以前な感じで、用を済ませたあとに手を洗うという習慣についても中途半端だ。

厠から出たところには手水鉢《ちょうずばち》があり、一応手を洗えるようになってはいる。糞ベラで他人のアレを見たあとだから、しっかり石鹸で洗いたいぐらいなのに、もちろんそんなものはない。ないものは仕方がないので、せめて流水で洗い流したいのだが、この寒さからか、上の筧から水は落ちてきておらず、溜まっている水も淀んで見える。

あの水を柄杓ですくって手を洗えと？　流水じゃないから、大勢で同じ溜水を使っているわけだろう？　……病気になる自信しかない。

腹を下して強制的オマル生活になるのは嫌なので、少し距離があるが、近くの井戸まで手を洗いに行くようにしている。

医学が発展していない戦国の世だ、感染症を避けることができるのなら、多少遠回りだろうと清潔を心がけたほうがいい。

雪崩が発生したとき、あんなに寒くて全身氷のようになってしまったのに、熱は出さずに済んだ。それもすべて、手洗いに気を使っているからだと確信している。

しかし寒い。特に日が落ちてくると、なお一層寒さが厳しくなってくる。

そんな中、わざわざ外に手を洗いに行くなど、変わった子供にしか見えないだろう。

しかし、現代人の感覚でいうと、用を足したあとなのに清潔な水で手を洗えないほうが耐えられない。

弥太郎と、土井庄助《どいしょうすけ》、南八兵衛《みなみはちべえ》という名の父の配下の者たちが、そんな勝千代にずっとついてきている。

土井は額に布を巻き、南は腕を吊っている。ふたりはあの雪崩の夜、奥方と一朗太少年を救助するために負傷した。怪我そのものはたいしたことはないようだが、療養という態で勝千代の護衛としてついているのだ。

ふたりとも気楽にぶらぶらという雰囲気を出そうとしているが、しきりに視線が左右に動くので、周囲を警戒しているのが丸わかりだ。

それに気づくたび、複雑な気持ちになる。

自身が暗殺されそうになったなど、どうにも非現実的なのだ。

岡部は行方不明になったが、父はまだかなり勝千代の周囲を警戒していて、それはつまり、この件がまだ片づいていないと考えているのだろう。


氷のような冷たさに耐え、じゃぶじゃぶと手を洗う。

桶から手を出すと同時に、弥太郎がさっと布で水気を拭ってくれる。

ここで自分でするとか意地を張ってはいけない。幼い子供のかじかんだ手ではうまく拭けないのは経験済みだ。

下手に頑張ろうとして着物の袖がびちゃびちゃになり、しかも拭い残しが凍傷の元になりかけた。

ほんの少し水気が残っていただけなのに、人の手があんな風に真っ赤になるなんて知らなかった。

拭いてもらった手を空気にさらし、拭い残しがないことを確認する。疑っているわけではないが、しもやけは嫌だ。凍傷になるのはもっと嫌だ。

一つ頷いてから、元来た道を引き返そうとして、奥に続く廊下の少し陰になったところに男がひとり、額を床に押し当てて平伏していることに気づいた。

南がすぐ身体を割り込ませ視界を遮ったので、本当に一瞬しか見えなかったが、知っている男だった。

岡部の奥方と一朗太少年の側に付き、親身に世話をしていた奴だ。

そして、勝千代が気になっていた「目立つ文官」でもある。

奥向きの仕事をしているとはいえ、武家に仕えているということは武士階級。身なりからしてそれなりの身分だとわかるが、勝千代に直接話しかけてきたことはない。

この時代の身分制度ははっきりしていて、父の嫡子である勝千代はヒエラルキーのかなり上のほうに位置する。

特に自身が偉いとも思っていないし、なんなら非力なお子様に過ぎないことを残念に感じているぐらいだから、ぴたりと床に額を押し当てられてかしこまれても困惑するだけだ。

南の背中を見ながらため息を堪え、馴染めない風習への違和感を飲み込んだ。

きっと勝千代に用があるのだろう。わかっているのに、すぐ話を聞けないのは面倒極まりない。

勝千代はもうひとりの護衛、土井に目配せをした。

土井は心得たように南の前に出て、外廊下の隅のほうにいる男に近づく。

本当に面倒くさい。吹きつける風の冷たさに耐えながら、突っ立って待っていなければならないのだ。寒いのにどうかしているとと思うのだが、安全が確保されていないのに相手に近づくわけにいかず、手持ち無沙汰な時間が過ぎる。

実際は好きに動けばいいのだと思う。勝千代がこの場での最上位者なのだから、寒さを我慢してまで待つ必要はない。どうしても聞いてほしい重要な話なら、どこに移動しようがついてくるはず。だがそう思うだけで実行に移せないのは、サンカ衆の夜襲のさなかに刺客に襲われた記憶があるからだ。勝手な真似をして、何か不測の事態が起こってしまうのが怖い。

だがあまりにも寒い。耐えがたいほどに寒い。

近づかなければ風避けできる縁側に上がっても構わないだろうかと迷っていると、ほんの十五秒ほどで土井は戻ってきた。

「岡部一朗太様がお時間を頂きたいとのことです」

無事な建物は少ないので、勝千代と彼ら親子とは同じ部屋にずっといた。衝立ひとつを目隠しに、ため息ですら聞き取れるほどの近さだ。

それをわざわざ改まって……ということは、奥方に聞かれたくない話があるのだろう。

もちろん了承する。

というより、「待っていた」と言ってもいい。

雪崩の夜にも思ったが、あの子はずっと内に何かを抱えていた。隠し事がある子供特有の目でチラチラこちらを見るのは、話したいことがあるからだ。

それはきっと父親のことで、母や周囲を慮《おもんぱか》って言うか言うまいか迷っているように見えた。

さて、どんな話だろう。

予想した通りなら、奥方が望む方向とは違う内容のはず。

あの心根のよさそうな少年が敵に回らないといいのだが……そう思っているのは、勝千代だけではないだろう。


案内されたのは、男がいたすぐ近くの小部屋だった。

部屋というには狭くて、三畳ほどしかなく、しかも縦長だ。もともとの用途は納戸かもしれない。

先に来ていた一朗太少年は、下座に座って待っていた。

室内の安全を確かめた南が微妙な表情をしたのは、少年が初っ端から額を床につけて頭を下げていたからだろう。

彼は城主、岡部二郎の嫡男である。立場的な云々は勝千代にはよくわからないが、そんな態度をとるほど低い身分ではないはずだ。

気まずい。

勝千代は入り口の敷居をまたぐ前から、入るの嫌だなあと露骨に顔に出してしまったが、幸いにもそれを見ているのはこちら側の人間だけだった。

「……一朗太殿」

「も、申し訳ありませんっ」

困惑しきった勝千代の声よりもなお、一朗太少年の声は細かった。

「ち、父のしたことには、じ、じ、事情があるのです」

他所に声が漏れることを恐れているのか、ぼそぼそとした口調でそう言って、彼は手で口を覆った。嗚咽を堪えようとしたようだ。

「ああ姉上が……」

「少し落ち着きましょうか」

片や全身を震わせて涙する少年。片やその肩に手を置く幼児。絵面だけなら微笑ましいと言えなくもないが……。

「順を追って話してください。そもそも何を知っているの？」

今さら取り繕っても仕方がないので、勝千代は素の口調でそう尋ねた。


コトリと襖が動く音がする。一朗太少年の背後を閉めたのは土井だが、四方を壁ではなく襖で囲まれた部屋の、もう片方の廊下側を薄めに開いたのは段蔵だ。

何故ここにいるのかは、今さらなので聞かない。父に命じられて、影供として目立たないように周囲を警戒しているのだろう。

段蔵は部屋には入ってこず、勝千代以外の者たちと何やら目で会話をし合ってから、再び襖を閉めた。

おそらくは、部屋の外は見張っていると言いたかったのだろう。

弥太郎が灯明に火をともす。

ほのかな灯が部屋を照らせば、余計にこの場の異様さが際立ってくる。

狭い部屋に大人が四人、子供がふたり……ぎゅうぎゅう詰め感が過ぎるのだ。

そんな中、一朗太少年はぽつりぽつりと話しはじめた。

彼は、勝千代の主観だと十歳前後に見える。この年頃の子供に、理論的に何かを説明させるのは酷だ。

必要なのは黙って耳を傾けること。肝心な話をする前に、どれだけ脱線しても口を挟まない。

五年前に末弟が生まれたところから始まったので、どうなることかと思ったが、最後まで話を聞いているうちに、ひどくやるせない気持ちになったのは勝千代だけではないだろう。


コンコンコン、と外で床がノックされる音がした。

ほぼ同時に、一朗太少年の側付きの男がはっと顔を上げる。

聞こえるのは、奥方の女中が一朗太少年を探している声だ。

話はほぼ終盤に差しかかっており、結末は誰にも想像ができるものだったから、言いにくそうにつっかえつっかえ喋る彼の言葉を遮っても支障はなかった。

「お母上が目を覚まされたのではないでしょうか。……そろそろ戻らなければ」

勝千代はそっと、涙でぬれる少年の肩を握った。

「どうか……お願いです」

縋るように見つめられて、頷き返す。

「……約束はできません。ですが、最善は尽くします」

勝千代としてはそう答えるよりほかなかった。

一朗太少年は何度も小さく頷いてから、「よろしくお願いします」と深く頭を下げた。

促され、女中が探しに来ないうちにと先に小部屋を出た一朗太少年に続き、側付きの男も丁寧に頭を下げてから腰を浮かせる。

勝千代は男が立ち上がる寸前に、小声で呼び止めた。

「……名はなんという」

「下村高司郎《しもむらこうしろう》と申します」

「一朗太殿をお送りしてから、戻ってきて」

勝千代は目を伏せて考えごとをしていたので、彼の表情を見ていなかった。

ただ、尋常ならぬ目つきで凝視されたのは感じていた。

服装とか周囲の者たちの態度から、この男はただの文官ではなく、家老あるいはそれに類する立場の者だと思う。もしそうだとすれば、申し訳ないが、交渉相手は一朗太少年ではなく彼だ。


「……父上はお戻りだろうか」

ふたりの足音が遠ざかってから、土井たちに聞いてみる。

父は雪崩の直後からずっと、なんとかこの城を復活させようと動いていた。

雪に埋もれた人々を救助し、建物の倒壊を食い止めようと雪かきまでしているそうだ。

父のあのパワー過多ぶりなら、さぞ精力的に働けているだろう。

最初の頃は父を遠巻きにしていた城の人々も、今では親しげな顔を見せてくれるようになったそうだ。

頼りになる指導者がいると、人心は安定するものなのだろう。

勝千代的にも、血みどろの戦場に行かれるよりは、こういうところで能力を活かしてくれるほうが嬉しいし、安心する。

「少し手の込んだ作業をすると仰っていましたよ。日暮れまでには終わると聞いています」

ちらりと視線を向けた先は、もはや完全に夕刻だ。

「目立たないように、隣の部屋に案内して」

下村との話し合いに父の介入は不可欠だが、あの威圧感があってはまともな交渉にならない気がする。それは土井も南も同感のようで、不安そうにしながらも頷いてくれた。

「それから、側についているのは弥太郎と南だけでいい」

「……それは」

医師助手の服装をしていて、いかにも非兵士である弥太郎と、片腕が使えない南。このふたりを前にして、下村がどういう行動に出るか知りたかった。

「危険ではないですか？　いや、この程度の怪我、なんてことはありませんが」

そう言って、南は三角巾で吊った腕をさする。

彼の肩は脱臼したがすでにもう治療済みで、大きく動かさない限りは痛みもないそうだ。

しかし癖になりやすいとも聞くし、しばらくは固定したままのほうがいいだろう。

もちろんそんな彼に、刀を抜くような真似はさせない。

「大丈夫」

勝千代はうっすらと笑った。

父が隣室で待機していてくれれば、身の危険的な意味では問題ないと思う。

段蔵もいるし、そもそも弥太郎だって非戦闘員というわけではない。

それにおそらく、襲ってくることはないはずだ。たとえばここで勝千代を手に掛けたり、人質に取ったりしてみても、先がない。

その程度のことは、理解できる男だと思う。


下村は数分もかからず戻ってきた。

雪崩に飲み込まれなかった建物は本丸曲輪ではここだけで、皆が避難している広間までは大声を出せば届く程度の距離なのだ。

あまりにも早かったので、まだ父は戻ってきていない。

しかしそれほど大きな問題ではないので、先に話を始めておこうかと思う。

勝千代は一朗太少年がいたときと同じ上座に座り、その背後には弥太郎。下村が入ってきた襖側には南が待機する。

下村は前後を挟まれた形になって落ち着かない表情をしたが、すぐに黙って頭を下げた。

毎回思うのだが、この時代の人間は、四歳児に頭を下げることにまったく躊躇しない。生まれてからずっと、そういう階級社会で生きてきて、なんの疑問も持っていないのだろう。

勝千代には違和感しかなかったが、いちいちそれを指摘して回るより馴染んだほうが早いので、今回も黙って頷きで返した。


一朗太少年の話は、あまり気持ちのよいものではなかった。

岡部家では代々、嫡男以外の子を駿府に置き、長ずれば官僚あるいは女官として出仕させるのがならいだそうだ。

今代も三人が出仕し、幼い頃から若君たちの遊び相手になっていた。

そのうちのふたりが死亡したという知らせが届いたのは半年前。家族へは流行り病だと伝えられたが、どうやらそうではなかったらしい。

子供たちの死が伝えられた封書と前後して、唯一生き延びた長女からの密書が届いた。

その内容は、弟妹たちは毒殺された可能性が高い、というものだった。

長女からのその知らせを受けて、岡部は急遽駿府に向かったわけだが……一か月後に戻ってきたときには、すっかり様子がおかしくなっていた。

奥方の詰問にも何も答えず、たびたび怪しげな者たちと密談を交わすようになったのだ。

一朗太少年もすべてを知っているわけではない。

ただ父が心配で様子をうかがっていたところ、偶然その密談の内容を聞いてしまったそうだ。

それが、福島上総介とその嫡子の暗殺計画だった。

岡部はその男に、娘の命を盾に脅されていたというのだ。

いや娘だけではない。奥方や一朗太少年、今は祖父母のもとにいる末の弟ですら、いつでも殺せると言われていたそうだ。


「そのほうから何か言いたいことはあるか」

思い出して嫌な気持ちになりながらそう言うと、下村は黙ったままさらに頭を低くした。

元来無口なのか、用心して喋らないのか……ずいぶんと頑なだ。

「たとえば……姉君の居場所を知っているとか?」

少し揺さぶってみると、ぴくり、とその背中が動いた。

一朗太少年よりも幼い子供にそんなことを言われ、黙っていられなかったのだろう。まっすぐ身体を起こし、勝千代を見据える。

「わたくしをお疑いでしょうか」

先ほども思ったが、低音のいい声をしている。しかも彫りの深い結構な男前だ。

甲斐甲斐しく奥方に寄り添っている姿を見ていると、下世話な噂があるんだろうな……などと、つい余計な想像をしてしまう。

「誰かが内部で岡部殿を見張っていたのは確かだろう。それがそのほうでないとは言えない」

「……我が殿には恩義があります」

「そういうのは口ではどうとでも言える」

「わたくしが内通者だという明確な証拠もないはずです」

まあ、それはそうだ。

「一朗太殿の話は、岡部殿を告発する内容だ。しかるべきところまで話が行ってしまうと罪に問われるかと思うが、それについては？」

「……わたくしにはわかりかねます」

「岡部家がお取り潰しになる可能性もあるが？」

「……」

「こういう際の沙汰はなんだ？　連座か？」

ぎゅっと太ももの上の手が握り締められた。

感情を抑え込もうとして呼吸が細かくなり、反論を飲み込んでギリリと奥歯を噛みしめる。

これでこの男が裏切り者なら、相当な演技派だ。

「……わたしは子供だ」

下村の強い視線を真正面から見返して、勝千代は静かに言った。

「子供ゆえに、聞いた話をつい忘れてしまうやもしれぬ」

はっと息を飲む音がした。

「岡部家を守りたいのであれば、これ以上の余計な動きをさせぬことだ」

特に奥方な。

勝千代は、男前の驚愕の表情に小さく頷きを返し、「奥方だぞ」と内心で念押しした。

下村の表情が驚愕から、何か決意を秘めたものに移行したので、通じたのだと思う。

「こちらからは特に何も言うことはない。父もわたしも、怪我ひとつないからな。……ただ、父を殺すよう命じた者については興味がある。岡部家の子供たちの横死についても」

子供たちが死んだのが半年前だというのは何かの符丁だろうか。

勝千代は、会ったこともない双子の兄のことを思った。御台様の書簡によると、兄が流行り病で亡くなったというのも、ちょうどその頃なのだ。

岡部家の子供たちが毒殺されたのなら、兄もやはりそうなのではないか？

疑惑はますます深まるばかりだ。

「……姉君のことは気がかりだな。ご無事だとよいが」

瞼を伏せてそう言って、思案してから顔を上げると、何故か打って変わってキラキラと潤んだ目とぶつかった。

え、なに？

「こちらでも調べてみるが、手がかりになりそうなものがあるなら教えてほしい。たとえば……そうだな、送られてきた姉君の書簡とか」

見る見るうちに下村の目に涙が盛り上がる。男前の涙目なんて、誰得だ。

勝千代が思わず仰け反ると、斜め後ろにいた弥太郎の肩に後頭部が当たってしまった。部屋が狭いので、互いの距離が近いのだ。

「ありがとうございます」

色々な意味が込められた礼だった。

「雪で埋もれてしまいましたが、油紙で包んでおりますので、見つけることはできると思います」

やたらと低くいい声なので、身を乗り出されると耳元で囁かれた気がして鳥肌が立つ。

本人にまったく他意はないのだろうが、誤解する奴は多そうだ。

「……ああ、うん」

勝千代はもう少し距離を取りたいと切実に思いながら、こくこくと首を上下させた。

「どうか……どうか姪のことをよろしくお願いします」

再び深く下げられた頭が、床にゴツンと当たった。

……姪？

下村が奥方の兄だということを、そこで初めて知った。


下村が去ってからすぐ、奥の部屋に続く襖が開いた。

ガタリという音に顔を上げると、そこには暗がりを背に大きな人影。

明かりもない部屋からぬっと出てきたのは、父と二木だ。

心構えができていなかったので、心臓が飛び出るかと思った。普通の子供なら絶対に泣いている。

「……どう思われますか」

岡部家の諸々についての問いかけだったが、本当に聞きたかったのは双子の兄についてだ。

それに気づいているのかどうかわからないが、父は無言のまま勝千代を抱き上げ、腕に乗せた。

「父上？」

父は廊下を、広間とは逆方向に歩きはじめた。

途中縁側から外に降り、一の丸曲輪を出る。二の丸曲輪へ続く門をくぐり抜け、さらに歩くと、雪の下敷きになって倒壊した建物の向こうに蔵が見えてきた。

その前の広場には篝火が焚かれ、父の部下たちをはじめこの城の兵たちも集まってきている。

いい匂いがした。

中央の焚火には太めの木の枝が格子に置かれ、その上には大きな鉄鍋がひとつ。

味噌の匂いだ。

思わずひくひくと鼻を動かしてしまって、父が低く喉を鳴らして笑うのがわかった。

「腹が減ったか？」

すでにもう夕飯は食べてしまったが、あのいい匂いの誘惑にはかなわない。

こくこくと首を上下させると、鍋をかき回していた父の部下がお椀によそってくれた。

手渡された木の椀の中には、軟らかく煮られた芋がらと玄米、雑穀が入っていた。

味噌汁というよりは、雑炊だ。

魅惑の香りにうっとりしながら椀に顔を寄せると、湯気が鼻先で「はやくはやく」と躍る。

これは駄目だ。誘惑に負けて、熱さも確かめずに口に運ぶ。

はふはふと夢中になって頬張っていたので、父の大きな手で頭を撫でられるまで、皆に微笑ましげな目で見られていることに気づいていなかった。……いいじゃないか、子供なんだし。

やがて食べ終わる頃には、お腹も心もほっこりして、胡坐をかいた父の膝の上で、満足した猫のように膨れた腹をさすっていた。

「そのうち話さねばと思うておった」

腹が膨らめば、次に来るのは眠気だ。大きな手で頭を撫でられて、うとうとしかける。

「そなたの兄のことだ」

しかし、その一言に背中に氷を落とされたようにはっとした。パチリと開けた目で、父の髭面を見上げる。

「双子の兄上ですか？」

「そうだ、わしの娘が命がけで産んだだいじな子らだ」

ぱちぱちと瞬きを繰り返す。

重要な話をされているのは理解できる。しかしその意味がすぐには飲み込めない。

え？　なに？　父は父じゃなかったの?!　驚きのあまり言葉が出てこない。

「双子だったゆえ、片方を嫡子としてもらい受けた。兄のほうは駿府で大切に、そなたも手厚く面倒を見られておると思うておった」

え？　え？　四十路にはまだ間がありそうなこの熊男に孫っ?!

実の父でないことよりも、「孫」というパワーワードのほうが衝撃的だった。

年齢を逆算すると、十代の頃の子供か？　その娘も十代で出産したのか？

十分ありうる話だが……すごいな戦国時代。

「ずっと彦丸殿が寝込んでおるのは聞いておった。そなたも病がちな子だったから、兄もそうなのだろうと思うておった。戦で忙しくしておったのもようなかった。帰ろうと思えば帰れたのに、出城に詰めておったわしの責任は重い」

桂殿が勝千代を目の敵にした理由もよくわかる。息子ではなく孫ならば、自分の子のほうが嫡男にふさわしいと考えてもおかしくはない。

「危うく、そなたまで失うところだった」

奥歯を鳴らしながら、そんな低い声で言わないでほしい。こちらに向けた殺気じゃないとわかっていても、恐ろしいから。

……というか父よ。こんな大勢が焚火を囲む真っただ中で、そんな話をしてもいいのか？

毒殺云々よりはマシな内容だが、父の側近たちばかりでなく、城の兵士たちまで聞き耳を立てているじゃないか。

「ちちうえ」

しっかり聞こえていたが、眠くてよくわからない風を装ってみる。

「わたしの父上は父上だけです」

実際は祖父《じい》ちゃんらしいが、そのあたりはどうでもいい。

幼い勝千代にとって父とはこの筋骨逞しい男のことであり、それ以外では断じてなかった。

「よいのか、それで」

「父上はじいじと呼ばれたいのですか」

ぶごっとどこかで噴き出す音がした。

「……いや」

「ならばそれでよいのでは」

小さく欠伸をする。ふりではなく、本気のやつだ。

「じいじと呼ばれたくなったら教えてください」

ぶふふふふ……と、笑うのを堪えようともしていないのは、隣で木椀を持っている二木だ。

腹に温かい食べ物を入れたことと、焚火の熱が近いことで、いまだかつてないほど全身がぽかぽかしている。

「……眠いか?」

「はい、眠いです」

今度は大きな欠伸になる。

「ならば眠れ。父がついておる」

「……はい」

父の膝の上は世界一安全だ。その恩恵を享受しながら、ぬくぬくと幸せな微睡を満喫した。

第六章　災禍

恥ずかしくて死ねる。

目を覚ました瞬間に夕べのことを思い出し、両手で顔を覆った。急に四十路男の意識が浮上してきて、羞恥心に悶える。

父の膝の上で満腹になって寝落ちだなんて……お子様か。

じたばたと床で身もだえているうちに、視界を塞ぐ小さな手に意識が向く。しばらくその手を眺めてから、「いや、お子様だった」と思い直した。

今の自分は、大人が抱き上げて運びたいサイズの小柄な幼児だ。

時折こうやって、急に大人の分別が浮上してきて、統合性に問題が発生する。

しかし最近は、真新しい靴に慣れてきたかのように、徐々にそれを意識しない時間が増えている。

「起きられましたか」

のろのろと上半身を起こした勝千代に声をかけたのは段蔵だ。

ちなみにこの時代、万能コミュニケーションツールである「おはよう」という挨拶の言葉は存在しない。

「……うん。起きた」

じたばたしているの、見られたんだろうな……。

相手がそのことについて触れてこなかったので、こちらも何事もなかったように答える。

日中は諸々の理由から大勢が広間に集まっているが、就寝するときは適度に分散して休む。

特に女性陣は、男どもとの雑魚寝は嫌だろう。

勝千代は父とその配下の者たち五人程度との相部屋だった。

父と勝千代にそれぞれ部屋をと申し出があったが、個室は極端に少ないので、優先して女性陣に譲った。警備上の観点からも、そのほうがいい。

勝千代の希望としては井戸に近いことだが、それを口にするまでもなく、水回りに近い部屋をもらえた。厨にも近いので、利便性はなかなかよい。

二木は、誰かが意図して悪い部屋を押し付けたのだと憤慨しているが、そもそもここは倉庫として使われていた建物なので、いい部屋も悪い部屋もないだろう。


この時代の人々は早寝早起きがデフォルトで、暗いうちから活動を開始するのが普通だ。

今日も、すでに周りは仕事を始めていて、部屋で寝ていたのは勝千代だけだった。

起こしてくれればいいのにといつも思うが、弥太郎が言うには、勝千代が起床する時刻も遅すぎるというわけではないらしい。

だがしかし、勝千代が寝床を出る前に父たちはすでに出かけているし、厨で働く人たちなど一仕事終えた雰囲気だ。

時計がないので、目安となる時間がわからず、どうしても寝坊した気になってしまう。

「なんだか騒がしいね。何かあった？」

「岡部様が見つかりました」

部屋の外がなんとなくざわざわしていたので聞いてみると、予想外の返答があった。

勝千代はぱっと段蔵を見上げ、じっとその表情を見つめる。

「手足と耳の凍傷がひどく、全身の複数個所を骨折。四肢切断の可能性があります」

聞いているだけで顔から血の気が引いてくる。

それって、もはや瀕死というのでは。

「着替える」

「はい」

このような状況だから寝巻きのようなものはなく、膝丈ぐらいの小袖で就寝していた。もう一枚上に重ね着して、下に袴をつければ身支度は済む。

最初の頃は自分でもできるようにならねばと頑張っていたが、弥太郎が着せてくれるようになってからあまりにも快適で身を任せっきりだった。

そうやって何もできないおぼっちゃまが作られていくのだろう。

段蔵は弥太郎ほど親切ではなく、適度に自分でやらせてくれるので、着付けの練習には彼のほうが助かる。

今回も前で紐を結ぶのに短い指で悪戦苦闘し、なんとか袴を穿き終えるまでかなり時間がかかってしまった。結び目がぐちゃっとしているが気にしてはいけない。

「どこ」


なんとか身支度を整え顔を上げると、辛抱強く待っていてくれた段蔵が無表情に頷いた。

「三の丸です。動かせるような状態ではないようで。今は弥太郎が診ています」

「弥太郎が？」

「医師は楽にしてやったほうがよいと。奥方がそれを拒んでおられます」

そんなにひどいのか。

勝千代の脳裏に、一朗太少年の顔がよぎる。

「段蔵はどう思う？」

「五分五分、いや六分四分でしょうか」

助かる見込みは半分以下か。厳しいな。

部屋の外に出ると、すでに南と土井が履物を用意して待っていた。

「見つかったのは岡部殿だけ？」

「いいえ、サンカ衆が三名と、城の兵士が五名ほど。半数はすでに死亡しており、残りは岡部様と同じく骨折と凍傷で危険な状態です」

雪が一気に落ちてきた場所にいて、団子のようにひとかたまりになって建物と壁との隙間に閉じ込められたらしい。

「お互いの体温があって、命をつなげたようです。外側にいた者たちは凍死しています」

状況を想像してしまい、ぶるりと全身が震えた。


三の丸は、二の丸とは逆方向、雪で塞がれた本丸を横断してさらにその向こう側にある。雪崩の進行方向からずれていたので、ほぼすべての建物が残っている区域だ。もともと下級武士の詰め所だった三の丸は、負傷者たちの救護所になっていた。

さらにその先、麓に続く西の丸は完全に雪に埋もれている。

急な斜面に作られた石階段を下りて、三の丸にたどり着く。

たびたび足を取られるのを見かねて、途中からは土井が抱き上げて運んでくれた。

あまりにも恐々抱えられたので酔ってしまい、到着して地面に降ろされたときにはほっとした。

岡部殿がいる場所は、すぐにわかった。

心配した兵士たちが集まってきていて、その建物の周囲が人だかりになっていたからだ。

その隙間を縫って中に入ると、最も奥まった壁際に、岡部の奥方と一朗太少年が寄り添って座っている姿が見えた。

奥方は両手で顔を覆い号泣していて、一朗太少年も真っ赤な目をして唇をへの字に結んでいる。

「父上」

隅のほうで腕組みをしている父に近づき、小声で声をかける。

父が閉じていた目を開け、勝千代を見下ろした。

「ここにはおらぬほうがよい」

「何故ですか」

「死者が増えてきておる」

助け出されたのに、生き延びることができないのはつらい。

怪我が原因か、凍傷が原因か、わかったとしても救う手立てがないのがこの時代の医療技術だ。


広間には、酸っぱいような甘いような、独特の臭いが充満していた。

それは勝千代がこれまで嗅いだことのない、本能的に不快と感じるものだった。

感染症なら換気と清潔を保つことが大切だが、凍傷患者がいるなら部屋の温度を下げるわけにいかず、換気もままならない。

山ほどの火鉢が持ち込まれ、室温を上げるために湯が沸かされている。

それでも室内はひんやりしていて、暖房技術の発達していないこの時代の限界を感じさせた。

凍傷の初期治療は確か、身体を温めることだ。温めすぎてもよくないと聞いたこともある。必要なのは確か……人肌程度の保温。

「若君?!」

南が驚いて声を上げた。

勝千代が、近くで横たわっていた若い男の側に座り込み、その手をぎゅっと握ったからだ。

冷たい手だった。まるで凍りかけたゴムのような触感だ。

雑兵なのだろうその若者は、粗末な藁莚の上に掛け布もなく転がされていた。

着物から覗く痩せたその手足は、異様なほど真っ白だ。

もはや、回復を諦められているのかもしれない。

「お勝？」

父がそっと肩に触れてくる。勝千代は顔を上げ、きっぱりと首を振った。

「すごく寒そうです」

周囲の大人たちの、なんともいえない表情に言葉が詰まり、続きが出てこない。

「……そうだな」

父は一言そう言って、勝千代の頭をそっと撫でた。

結局のところ、自己満足なのだ。

医学の知識などなく、簡単な処置方法さえうろ覚えなのに、四肢が真っ白になっている男の片方の手だけを、小さな子供が握り締めたとてなんになるだろう。

しかし、その様子を見ていたほかの大人たちも、それぞれが凍傷患者の手を握り足を握り、温めはじめた。

特にその患者と親しい者は、全身に抱き着くようにして温めている。

「お勝」

朝から何も食べていなくて、昼過ぎにはフラフラしてきた。父はそれを見極めていたようで、即座にストップがかかる。

渋々離した手は、青年と同じぐらい冷たくなっていた。

しかし、モミジのような手にはしっかりと血が通い、白くも赤くもなっていない。

対する青年の手は変わらず青白く、やはり死体のようで……。

本当に己は役立たずだ。

「そろそろ戻ろう」

「……はい」

視線が勝手に一朗太少年のほうに向く。

嘆く奥方の隣でずっと、岡部の手を握り締めている。

抱き上げられて広間を出ながら、ひとりでも多くが助かることを、心から祈った。


父の襟元に顔をうずめていると、いつものように、後頭部を大きな手が覆った。

無言のまま何度も撫でさすられ、少しだけ身体から力を抜く。

一朗太少年は、二度とこうやって撫でてもらうことはないのかもしれない。そう思うだけで、勝手に視界が潤んでくる。

「お勝」

急な階段を上りながら、父が何かに迷うように言葉を紡いだ。

「戦場ではもっと多くの血が流れる。さらに無残な死もある」

「……はい」

「人は誰もがいずれ死ぬ。わしも、そなたも」

頼むから、そんなフラグを立てるようなことは言わないでほしい。

「だが、その死に様を選ぶことはできる」

父が岡部のようになることを想像して、肝が冷えた。

首を横に振りたいのを我慢して唇を噛むと、父の大きな手が再び勝千代の頭を撫でる。

「納得した生を生き、納得して死ぬ。……己も周囲もそうあれるよう、真摯に努めるのだ」

それは、戦国を生きる父なりの生死観であり、アドバイスだったのだろう。

しかし平和な時代を知っている勝千代には、覚悟の死など到底受け入れることはできない。

人の命はそんなに軽いものではない。

生きて、生きて、意地汚くても生にしがみついて。

周りの者たちを誰も死なせない。手の届く範囲すべてを守りきる。

そう望む生き方は、間違っているか？

きれいごとだとわかっている。不可能に近いともわかっている。

それでも、生を望み生きあがくことは、納得できる死に方を選ぶよりずっと正しい道のはずだ。

己の倍もありそうな太い首にぎゅっとしがみつく。

どんなに逞しく、人外レベルに強そうに見えても、常に死ぬ覚悟をしている父は危うい。

「父上」

きれいな死に方など考えなくていい。とにかく生きることのみに集中してほしい。

「どうしてサンカ衆は、今のような季節に夜襲をかけてきたのでしょう」

「……そうだな」

わざと話を逸らしてそう尋ねると、父のほうもセンシティブな話題が苦手だったのだろう、あっさりその流れに乗ってくれた。

「春から秋は山からの恵みで糊口《ここう》を凌ぐことができるが、冬になると途端に食料が減る。飢えを凌ぐために、村や商隊の荷を狙うのだ」

「ですが、ここは村でも商隊でもありません」

そもそも、定住地すらない流浪の民が、こんな大きなものを標的にするだろうか。

田舎の村や少数の護衛しか連れていない商隊であれば、餌食にすることも可能だろう。

しかしここは、一国の防御拠点としてしっかり機能していた山城なのだ。そもそも武士ですらない者たちが狙うような獲物か？

「物見櫓が何本も建っていたのを覚えているか？」

近くにたくさんあるなぁと不審に感じていたあれのことか。

「おそらく以前からサンカ衆に目をつけられ、たびたび小規模に襲撃されていたのだろう」

土井が慎重に一段ずつ下りていった階段を、父は軽々と一段飛びに上っていく。

それなのに抜群の安定感で揺れが少ない。

父の肩越しに、次第に遠くなっていく三の丸を見下ろして、そういえばこのあたりからでも見えるはずの物見櫓が、一つもなくなっていることに気づいた。

城などより基礎が軽いため、雪崩で押し流されてしまったのだろう。

「おかしな話です。今川の城を、流浪の民が襲うのですか？」

ただの弱小国人領主ではない。広大な平野部と大きな港を持ち、農業も漁業も貿易も盛んな豊かな国だ。その大国の出城の一つを襲う？

何も知らない素人でも、さくっと討伐されて終わりだとしか思わないだろう。

それが、長年弱者として生きてきた彼らにわからないはずがない。

勝千代は黙り、父も無言で歩き続ける。

言わずとも、これが周到に仕組まれた罠なのだと察していた。

雪崩のことまで定かではない。しかし少なくとも、サンカ衆の夜襲のさなかに、父も勝千代も命を落とす……そう目論まれていたのは確かなのではないか。

そして万が一、雪崩までも仕組まれたものであったら……すべての証拠をそれで隠滅してしまおうと考えたに違いない。

「……まだ終わった気がしません」

勝千代は、真っ白に染まった雪景色から目を逸らした。

あの美しい白い雪野原の下に、どれだけの人間が埋まっているのだろう……そう考えただけで、ギリギリと胸が痛む。

「父上の本隊と合流するか、直接駿府へ向かうというのはどうでしょう」

火の粉を振り払うのではなく、火元を断ったほうがよさそうだ。

速やかに消火……それができる相手ならいいのだが。


下村が襲撃を受けた。

その知らせを聞いたのは、ほぼ真夜中だ。

一気に騒がしくなった建屋の中で、父の鋭く低い声を聞いて目が覚めた。

「だいじありません。お休みを」

弥太郎がそう促してくるが、眠ってなどいられない。

起き上がり、しょぼつく目を擦ると、次第に喧噪がはっきり聞き取れるようになってきた。

「下村が怪我を？」

暗がりの中、弥太郎を振り返って問いかける。

無事か否かはもちろん気がかりだが、それ以上に「誰が」のほうが重要だった。

襲撃されたというのが事実なら、この城の中にそれをした者がいるかもしれないということだ。

生き残った者が寄り添い、ごく近い距離で寒さを凌いでいる現状、周囲の者に警戒をしなければいけないというのは心情的にかなりつらい。

「奥殿で書簡を掘り起こしているさなかに、背後から切り付けられたようです」

「襲撃した者は？」

「騒ぎが起こり、慌てた様子で逃げたと」

勝千代はもう一度、目をごしごしと擦った。

逃げたということは、下村の口を塞げたと判断したのだろうか。あるいは駆けつけてきたのが顔見知りだったのかもしれない。

脳裏によぎるのは涙にくれる一朗太少年の顔だ。父親に続いて伯父がこんなことになり、さぞ心を痛めているだろう。

「お勝」

皆がいるところに行ったほうがよいだろうと、身体に掛かっていた着物を横にどけたところで、ざっと木襖が開いて父が顔を出した。

「起こしたか」

寒風がびゅうと吹き込んできて、室内の灯明の明かりが揺れた。

「そなたはここにおれ。土井と南に守らせる」

人が多い場所のほうが安全なのではないか。

そう思ったが口にはしなかった。父が何を危惧したかすぐに察したからだ。

「はい」

素直に頷いて、不安を面に出さないように表情を引き締めた。

父の肩越しに、煌々と灯る篝火の明かりが見える。

物々しく武装した父の配下の者たちが、勝千代の部屋の前で警戒している。

「父上もお気をつけて」

それを聞いて、父が笑う気配がした。

大きな手がするりと頭を撫でてから離れる。

父が部屋から出ていき、木襖が再び閉じられて、勝千代はようやく表情を歪めた。

下村が襲われたことで、おそらく奥方の心情は底辺をさらに更新しただろう。

これまで以上に福島家を目の敵にする。

父を恐れている彼の方《かた》が、目をつけるとすれば弱い部分……つまり勝千代だ。

父たちの足を引っ張ることだけは避けたかった。

下村は雪に埋もれた奥殿で、例の密書を探していたようだ。他に憚《た》りあることなので、単独で。

幸いにも探し物はまだ見つかっておらず、襲撃者に奪われてはいない。

怪我も、深手だが致命傷ではないそうだ。

「腕が上がらなくなるやもしれませぬが、あの御方は前線の武官ではありませんので、さしたる問題にはならないでしょう」

下村を診た弥太郎の見解だ。

この時代は傷そのものよりも感染症のほうが怖いので、まだ予断は許さないそうだ。

勝千代は火鉢で手をあぶりながら、弥太郎を見上げた。

「話はできそうか」

「意識はおありです」

父に部屋を出ないと約束したが、話だけは聞きたい。さてどうしたものか。

取り急ぎ、先に襲撃者のほうを調べさせることにした。

下村によると、顔を隠し背後から切りかかってきたそうで、人数は五人ほど。顔を隠していたということは、生き残った者の中に紛れているのだろうか。

暗闇の中いきなり襲われたので、顔どころか服装ですら定かではなく、かろうじてわかるのが雪に残された足跡からの人数だ。

「やはりもう一度襲わせるべきか」

「なりませぬ」

勝千代自身に隙をつくることを考えていると、すかさず南が止めてきた。

だが事前に準備をしておけば、五人程度たいしたことではないはずだ。

父は反対するだろう。いやむしろ、叱ってくるかもしれない。

だが、下村を襲った者が堂々と大手を振って歩いているほうが怖い。

問題があるとするなら、襲撃してくるのが下村を襲った者ではなく、奥方の手の者だった場合だ。

今は頭に血が上っているだろうから、十分にありうる。

「失礼いたします」

そんなことを考えていると、部屋の外から子供の声がした。この部屋に来ることができる子供といえば限られているので、一朗太少年だとすぐにわかった。

母親の目を盗んで来たのだろう、そわそわと挙動不審気味で、しきりに広間のほうを気にしている。

「お風邪を召されたとお伺いしました」

一朗太少年は、見舞いにと干し柿を持ってきてくれた。口実だろうが、甘味は純粋に嬉しい。

勝千代が喜んでいるのが伝わったのだろう、ようやくその表情がわずかに緩む。

「……それと」

きちんと躾けられた少年は、許可を得るように勝千代の護衛たちを見てから、懐に手を入れた。

出してきたのは草色の布に包まれたもの。床に置き、折り目正しい所作でそっと上の布を退けると、室内の薄暗い中でもはっきり書簡とわかる油紙に包まれたものが見えた。

いやそれよりも気になったのが、彼の尋常ではない両手の色だ。

「……おひとりで行かれたのですか？」

勝千代の問いかけに、返ってきたのは苦笑だ。

「これぐらいしかお役に立てませんので」

ひそかに出かけて、雪の中を探してきたのだろう。一朗太少年の指は血色がなく紫色に染まっていた。凍傷になりかけているのではないか。

あとで聞いたところによると、奥方が岡部や下村の枕もとで泣き伏している時間帯に、その目を盗んで抜け出したらしい。

弥太郎が何も言わずに席を外し、木桶に雪を詰めて戻ってきた。それを手指にすり込みながら、足も出させて、大人ふたりがかりで冷たい雪で手足を揉む。

凍傷なのに雪？　初めはそう思ったが、患部は雪よりも冷えているのだそうだ。

木桶に少しずつ水を足していき、ゆっくりと温度を上げる。湯気も立たない温めの湯をこしらえてから、しばらくそのままでいるようにと指示され、少年はこわばった表情で素直に頷いた。

「建物が崩れていたかもしれません」

勝千代がそう咎めると、困ったようにこちらを見て、「それでも探さねばと思いました」とつぶやいた。

彼なりの誠意だったのだろう。

少年の処置をしている間に、勝千代は手元に来た書簡に目を通した。

書簡は茶色い油紙に包まれていて、その油紙には何度も開け閉めした形跡があった。岡部が繰り返し読んだのだろうか。書簡にも手指の跡がついていて、油紙に包まれていたのに若干湿っている。

勝千代は、茶色い油紙の包みを丁寧に広げ、ざっと表裏を確認してから、書簡のほうを手に取った。

書簡は二通。どちらも封書だ。湿ってはいるが、墨が滲んではいない。

土井が火鉢から鉄瓶を下ろし、木桶に湯を足す。そのとぽとぽという音に一度顔を上げてから、勝千代は再び書簡に目を落とした。

どちらも岡部宛て。片方は男性の、もう片方は女性の手だ。

下村が言っていた通りなら、女性の手のほうは娘さんからのものなのだろう。宛名からしてひどく乱れた様相で、読むのに気構えがいる雰囲気だった。

それとは違うもう一通のほうから読むことにする。

実際のところ、忍びのほうがこの手のことに詳しいだろう。勝千代にはわからない、たとえば書式の違和感とか、紙の折り方の違いとか、そういうものがあるかもしれない。

勝千代ができるのは、書かれている内容の精査だけだ。

さっと読み進んだだけだと、下村が言っていた通りの内容に見える。

ふたりの子供の病死と、長女が重篤であるという知らせ。強いて言うなら、あまりにも事務的すぎるのが気になるぐらいか。

二通目の書簡は、岡部殿の長女からのものだというが、本文を読む前からその乱れた筆遣いに胸が痛んだ。弟妹の死に心乱れながらも、気丈に筆を取ったのだろう、揺れる書体と、ところどころの書き損じが、つらい心情を物語っている。

そして、誰かに読まれることを警戒したのか、毒殺という直接的な表現はないものの、そうとしか取れない内容で両親に注意を呼びかけていた。

そう、離れて暮らす岡部たちにも、身辺にくれぐれも注意するようにと忠告しているのだ。

「……ご姉弟はどなたにお仕えに？」

勝千代の兄は、高貴な御方の養い子として扶育されていた。岡部姉弟と面識はあっただろうか。

もしかしたら……考えたくない想像にぎゅっと胸が詰まる。

「御台様の宮で、二の姫様にお仕えしておりました」

木桶に手足を突っ込んだまま、一朗太少年が答える。

勝千代は内心ほっと安堵の息を吐いた。

万が一、兄に仕えていたなんて言われてしまえば、あまり考えたくない状況が想像できてしまう。

いや、重臣の幼い子供を毒殺する理由などそうそうあるはずもない。もし兄もまた同じ死因なら、どちらかがどちらかの事情に巻き込まれたと考えるのは妥当だ。

「これ以外で何か知っていることは？　想像でも噂でも構いません」

「……わかりません。ここは駿府から遠く、噂もほとんど届きません」

不安そうな少年の顔を見返して、その心情に深く共感する。

この時代、遠方の情報が伝わるまでにはかなりのタイムラグがある。

同じ国内にいるのに、姉弟の不幸を知らずに普段通りの日々を過ごしていた。それを知ったときの苦悩は計り知れない。

「御父上が姉君に会いに行かれたとき、供をした者がいたはずですが」

「お戻りになられたときにはおひとりでした。供は駿府に残してきたと」

そのあたりにも何か手がかりがあるかもしれない。

勝千代は弥太郎にちらりと目を向けた。

一朗太少年の手足の状態を確認していた弥太郎は、こちらを見てもいなかったが、話は聞いているはずだ。調べてくれるだろうか。

勝千代は再び姉君のほうの書簡に目を落とし、乱れたその文面に目を通した。どこかに何か、手がかりになる一文はないか。何か示唆されてはいないか。


「若さま！」

不意に、甲高い大きな声がした。

一朗太少年が全身でビクリと飛び上がり、手桶から水が飛ぶ。

勝千代は無意識のうちに、紙が濡れないようにさっと避けた。ちょうどうまい具合に、南の背中に隠れる位置だったのはわざとではない。

「何をなさっておいでですか！」

それは、普段から岡部の奥方にぴったり張り付いている女中頭だった。

「離れよ無礼者！」

「とき」

ずかずかと部屋に踏み込んできた彼女は、まるで我らが一朗太少年を害しているかのような態度で、その身体を引き寄せた。

「もらい子の分際で！」

「とき！」

一朗太少年は大声で女中の言葉を遮ったが、睨んでくる目つきまでは止めることができなかった。

眉を垂らしてこちらを見て、申し訳なさそうな表情をする。

勝千代は首を傾けた。まっすぐに突きつけられたのは悪意だ。

だが非力な女中がひとり、悪感情を向けてきたところで今さらだ。

弥太郎は無表情、土井は女中に負けないほど盛大に顔をしかめた。南は険しい表情を顔に張り付け、据わった目つきで彼女を見ている。

「もらい子」

勝千代がそうつぶやくと、女中は鼻息も荒く目をぎらつかせた。……これはあれだ、弱点を見つけたとかそんな風に思っているな。

一朗太少年は慌てて女中の口を塞ごうとした。だが羽交い締めにされるように抱き着かれているので、とっさに動きが取れない。

「どこからその話を？」

「皆が言うております」

「皆とは誰が」

冷静な追及に、女中は明らかに怯んだ。

きょろりと同意者を求めて周囲を見回し、己たちが三人もの男に囲まれていることに初めて気づいたのだろう、露骨なほど剥き出しだった悪意が、不意に行き場を失ったかのように揺れる。

「申し訳ありません！」

一瞬よぎった沈黙の末、そう声を上げたのは一朗太少年だった。

抱き込んでくる腕を振り払い、勝千代に向かってがばっと頭を下げる。

「若さま！」

「黙れ」

「ですが、若さまがこのような者に頭を下げるなど……っ」

「黙れ！」

止めようとする女中を大声で諫め、なおも平伏をしつづけるその様子に、女中の怒りで染まっていた顔から徐々に血の気が引いていく。

「この者には、あとで重々言い聞かせておきますのでご容赦を」

勝千代は、板間に這いつくばって頭を下げ続けている少年に、興味半分感心半分の目を向けた。

子供に謝らせているという事実に引け目を感じているのはもちろんある。だがそれ以上に、謝罪を受けているのに、さながらこちらが悪者に見えそうな構図に感心もしていた。

今の状況は、第三者には「城主の御嫡男に頭を下げさせている」ように見えるだろう。ますます女中の悪意が増すのは感じたし、実際にこれが奥方の目に触れたら憎悪は倍増のはずだ。

「気にしていませんよ。顔を上げてください」

勝千代は、無邪気な子供の声色でそう言って、軽く手を振った。

おずおずと顔を上げた少年に、にっこりと笑顔を向ける。

少年は顔色が悪いまま勝千代を見て、周囲の男たちを見て、心底申し訳なさそうな表情になった。

これが意図して作った表情ならすごいが……違うだろうな。

だが、この状況を利用しようとする者にとっては、かっこうの餌になるはずだ。

城中に敵がいるなら、確実に煽ってくるだろうと予想して、この女中はどうかと目を向けた。

奥方に一番近い立場の者だ。その耳に色々吹き込むことは簡単なはずだ。

目が合って、すごい目つきで睨まれた。

勝千代が感じたのは、やはり興味だった。人間の悪意には明確な理由がないものも多いが、これは違う。どう考えてもトラブルに発展するだろう憎悪だ。

勝千代のような幼い子供をここまで憎むには、それ相応の理由があるのだろう。

ただ単に憎しみを向けやすい相手だというよりも、もっと方向性がしっかりしている気がする。

後日聞いた話によると、女中の夫と子供が雪崩の被害で亡くなったのだそうだ。

女中はそれを、もらい子が不相応にもこの城に滞在していたせいだと信じ込んでいた。

気の毒だとは思うが、ひとりで雪中を歩くこともできない子供を恨んでどうなるというのだ。


明け方、一度父が様子を見に戻ってきたときに、二通の手紙について話しておいた。

たとえ「なにも得るものはなかった」という情報だとしても、共有しておくのは大切なことだ。

こんなもののために下村は襲われ、一朗太少年も凍傷になりかかった。

襲撃者は、そこに何か不都合なことが書かれていると思っていたのだろう。つまりは、内容を知る立場にはない者。あるいは、勝千代がまだ見つけていない証拠がそこにあると知っている者だ。

父は勝千代と同様、一通り文面を追っただけだが、二木は紙のほうに興味を持ったようだった。

日に透かせ、裏表確認して、「どちらも御祐筆が使う紙に似ていますね」と言って考え込む。

紙はとても貴重なので、その質を見ればどこから出されたものかおおよそわかるのだそうだ。

男性の手による一通目は公式な文書なので、二木に見覚えのある紙なのは当然だ。しかし二通目は、岡部殿の屋敷か、どこか人目を避けて書かれたもののはずなのに、言われてみれば一通目とそれほどの差異は感じられない。

つまり姉君の書簡もまた、一枚目と同じ、あるいはそれと近しい場所で書かれたと考えられる。奥勤めなら、彼女自身がその紙を入手できる立場だったのかもしれないが。どちらにしても、極めて限定した入手経路だというのは事実だ。


「姉君はご無事でしょうか」

あまりいい想像に至らず、勝千代は沈んだ口調で聞いてみた。

「……厳しいだろうな」

父はそう言って、無造作に両腕を組んで首を振った。

「ですが、岡部殿を動かすために、一度はご無事をその目に確認させたはずです」

「そうかもしれんが、以降はむしろ、事情を知っている分だけ邪魔だろう」

「逆に始末された可能性が高いですすねぇ」

父に続き、相変わらずのつかみどころのない口調で、二木は言う。

「確か十四、五でしたか？　女官ながら薙刀の名手と聞いたことがあります。自力で逃げ出し身を隠しているかもしれません」

それなら、岡部になんとしても連絡を取ろうとしただろう。

書簡が届いてから、すでにもう半年だ。なんの知らせもないのであれば、望みが薄いのは素人でもわかる。

「……駿府か」

しばらくして、父が低い声で言った。

下村のように深く響きのよい低音というわけではなく、どちらかというと掠れた、濁声に近いものだ。

「どのみち、御屋形様に一度お会いせねばならん」

御屋形様というと、当代の今川家当主だろう。

勝千代は、自身がその御屋形様の名前も、そもそも駿府というのが現代でいうどのあたりかもわかっていないことに改めて気づいた。

漠然と静岡県だとはわかるが、生前一度も訪れたことのない地なので、駿府って駿府城？　家康の隠居所の？　程度の認識しかない。

急に、すうっと足元が消えてなくなるような強い不安感に見舞われた。

本当に何も知らないことに気づいたのだ。

四歳の幼子なら知らなくて当たり前のことかもしれないが、勝千代は厳密な意味ではただの子供ではない。それでは何も守れない、そう気づく程度には己の立ち位置を察していた。

難しい顔をして、再び書簡を手に取った父を見上げる。

駿府に行く提案をしたのは勝千代のほうだが、放っておいたら死に急ぎそうなこの人を、無防備な状態で敵の前に連れていってもいいものかと強く危惧した。

純粋な襲撃だけならまだしも、謀略を仕掛けられたら？　防ぐことはできるのか？

勝千代は、父の斜め前に座っている二木に視線を移した。

その糸のように細い目が、じっとこちらを見ている。

やはり蛇のような視線だ。

父の隣ではよく笑い、快活な言動をする男だが、勝千代に向ける視線は常に厳しい。

見定められている。害になる存在ではないかと、危ぶまれている。

もう一度父に目を戻し、ガシガシと頭を掻いている姿をじっと見上げた。

岡部家の問題もまた、勝千代の双子の兄の死と密接にかかわっているのかもしれない。口にはできないその危惧を、奥歯を噛みしめて飲み込んだ。

想像するだけで、恐ろしかった。


一刻も早く駿府に向かうべきだという話になったのだが、すぐに動くことはできない。

城はまだ雪崩による被害から回復しておらず、あまりにも無防備な状態だからだ。

一番の懸念事項はサンカ衆だ。

雪崩によってあちらにもかなりの被害が出ているから、再襲はないだろうと父は言うが……三分の二が機能不能になったこの城は、次に襲われたらひとたまりもないだろう。

夜襲時と同等の、いやその半分でもいい、数をかき集めることができるなら、素人でも容易く城を落とすことができそうだ。

まず、城を城たらしめる、攻めにくいという地形の利がない。

雪ががっつり石垣や斜面を埋めており、今なら勝千代でも侵入に困らないだろう。

次に、そもそもの戦える者の数が少ない。

打撲や捻挫や軽度の凍傷を考慮しないとしても、武器を手に戦える者が、本来いるべき数の半数にも満たないそうだ。

ただでさえ城主の負傷に精神的な打撃を受けているのに、頼りになる父という存在がいなくなれば、ここの城の人々は少数の敵すら凌ぐことは難しいだろう。

まず父の性格からして、見捨てて立ち去ることはできまい。

同時進行で、自身が守護している国境線のことも気がかりのはずだ。

それに加えて、自らと勝千代の身の安全の不安もあるとくれば、いくら父でもそのすべてを守ることが困難だということはわかっているだろう。


「二木。ちょっといい？」

悩んでいる父と同じように、何やら難しい顔をしている蛇男に声をかける。

厠の側の手水鉢で手を洗っているところを捕まえ、話があると連れ出した。

「なんですか」

非常に面倒そうな顔を装いつつも、勝千代の話に興味があるのだろう、少し間隔を開けてついてくる。

井戸までの道は、それほど遠くない。

踏みしめられた道は雪かきされていて、避けられた泥混じりの雪が道脇に積み上げられている。しかし、草履より底の分厚い藁沓《わらぐつ》を履いていても、そもそも藁だし、素足だし、寒さをなんとかするには弱い。

できるだけ水がしみない場所を選んで歩くべく、視線はずっと下だ。

「サンカ衆と話をつけたい」

道を半分ほど進んだところで、小声で言った。

「こちら側から望むのは、この地域から去ること。二度と領内で仕事をしないこと。相手側にはまとまった金銭を渡して、こちらからは追わないという条件を付けようかと思う」

二木からの返答はない。

「どこの誰とつながっているか……できれば知りたいけれど、無理強いはしない。二度とこの地に来ないでくれればいい」

井戸に到着した。

勝千代の後ろには二木、さらにそれより下がって付いてきていた土井が、素早く駆け寄ってきて釣瓶桶を井戸に落とす。

一度、釣瓶を引いてみようとしたことはあるのだ。

何事もやってみるのは大切だが、これぱっかりは無理だった。

木桶ですら重いのに、それに水が入ったものをロープ一本で引き上げるのは幼児には困難だ。

釣瓶桶を引き上げるには、力いっぱい滑車の縄を引く必要があるのだが、そもそも縄に手を伸ばすと井戸に落下してしまいそうなのがいけない。

井戸の上に身を乗り出した勝千代を、南がすごい勢いで引き戻し、以降は腕の無事な土井が水を汲んでくれている。


「連中も馬鹿じゃないだろうから、交渉人が誰かというのは重要だ」

引き上げてもらった桶から柄杓で水をすくい、二木を振り仰ぐ。

あの手水鉢の水じゃダメなんだよ！　とは口に出して言わないが、多少目力強めだったかもしれない。

渋々と差し出された手に、水を掛ける。

「父上が出れば、弱みを作ることになりかねないから、代理がいる」

二度ほど柄杓で水を掛けたら、本人はもういいだろうと言いたげだったが、念のために三度目の水をすくう。

井戸の水は凍り付く寸前の冷水だが、嫌がらせじゃないぞ。

「……某《それがし》にやれと？」

「得意だろう？　そういうの」

二木は四回目を拒んで、懐から手ぬぐいを取り出して手を拭いた。

勝千代は柄杓を井戸の枠の上に置き、冷えた手を袖の中に引っ込めた。

「その、まとまった金というのはどこから出すのですか？　いやそもそも、野盗に金を払うだなんて聞いたことがない」

「金には当てがある」

御台様にもらった荷はまだ段蔵の村にあるはずだ。あれをそのまま渡すか、金にして渡すかすればいい。

「サンカ衆だろうがそうでなかろうが、相手を動かすには利で釣るのが一番面倒がない。今のところこちらに蹴散らすだけの戦力がないのは知っているだろう」

「ですが」

「下手に出る必要はない」

二木が言うように、そもそも盗賊なのだ。今回は数が多かっただけで、本来であれば武家が取り引きをするような相手ではない。

「この話が不首尾に終われば……今川領内でサンカ衆がどういう目に遭うのか、それとなく話してやるとよい」

今が雪で、大軍を動かすのに支障があるだけだ。

冬のうちは主要なルートを封鎖して移動を制限し、春になるのを待って山狩りをすれば、相当数を討伐できるだろう。

これまでは対敵国として配備してきた兵を、戦のない季節にはサンカ衆の討伐に向かわせれば、こちらは国内の厄介ごとが減っていいし、相手方は壊滅の危機だ。

むしろどうしてこれまでそうしてこなかったのか、疑問に感じる。

「簡単に言いますけどね、相手は山の民だ。道のないところでも自由に行き来できる。だからこれまで手出ししようがなかったんですよ」

「……本気で言ってる？」

そろそろ寒くて我慢できなくなってきた。風も冷たいが、足元から這い上がってくる冷気が痛いほどだ。

勝千代はぶるると身を震わせ、首をすくめた。

「二、三人の集団ならともかく、ある程度の規模だったら動きを見張ることぐらい簡単だろう」

それは敵国への備えとして当たり前にしてきたことのはずだ。

「できないなんて言うなよ」

「……」

「野盗と思うから厄介なのだ。敵の尖兵《せんぺい》だと考えればいい」
二、三人の小さなグループだったとしても、見つけ次第しらみ潰しにしていけば、そのうちいなくなるはずだ。討伐が不可能だとは思わない。

「領内の厄介者なら、討伐して感謝されこそすれ、誰も問題にしないはずだ。つながっている者がいるなら話は別だが」

討伐してしまうのではなく、連中を捕らえ、そっくりそのまま開拓民として使うのはどうだろう。軍役中の暇なところに見張りを任せ、荒れ地を開拓させるのだ。あるいは、町や街道、城などの整備要員として使うのは？

もともとが食うに困って野盗に身を落としたというならば、食い扶持を稼げるようにしてやればいい。

「……悪い顔してますね」

「え？」

悪い顔？　おかしなことなど考えていなかったぞ。

二木が長々とため息をつく。

少し考えさせてください、と返事は保留にされた。


「小五郎に聞いた」

その日の夕刻、まだ寝るには早い刻限。がっちりと太い腕を組んだ父にそう言われ、隣に座らされた勝千代は首を傾けた。

その対面で、二木小五郎がドヤ顔をしているのが解せない。

おそらくは井戸端での話を、そっくりそのまま父に伝えたのだろうが、指示というか相談しただけだから、叱られることなどないはずだ。

「……何故先に父に打ち明けぬ」

ああなるほど。

父にどういう伝え方をしたのか、察してしまった。

勝千代は再び二木を見て、これ見よがしに呆れた顔をした。

天狗になっている子供の鼻を明かしてやるつもりでいたのだろうが……残念。勝千代の内面は四十路男なので、スタンドプレーをしたいと思うほどお子様ではない。

もちろんもう少し話を詰めてから、父に話をするつもりでいた。

報告、連絡、相談は社会人の鉄則である。

二木は勝千代の表情に拍子抜けしたらしく、鼻白んでいた。

最初の頃は表情が読みづらいと思っていたが、よく観察してみると意外と真逆で、実にわかりやすい男だった。

残念ながら四十路のオジサンには通用しないよ……そういう意味を込めて一瞥すると、二木の表情が見るからに渋くなる。

「こういう手は打てないかと相談しただけです。父上は反対でしょうか」

父はじっと勝千代の顔を見つめ、いつものように顎に手を当てた。

そういえばあの髭はどうなっているのだろう。もじゃもじゃと広がっているが、際限なく伸ばされている風はないから、適度に手入れをしているのだろうか。

「金を渡したとて、約定を守るとは思えん」

余計なことを考えているうちに思案し終えたらしく、父は髭から手を離して首を横に振った。

勝千代は、無垢無邪気な子供のようにキョトンと目を見開き、コテリと首を傾げた。

「そうでしょうか」

「相手は野盗だぞ」

渋い顔をしつつ、父も野盗が城を襲うという状況を妙だとは思っていたのだろう。

普通の子供なら超特急で逃げ出しそうな強面で、何やら考え込んでいる。

「ありえないほど薄着で、やせ細った者たちでした」

勝千代はそう言って、手足が凍傷になっていたサンカの青年を思い出す。

彼だけではない、幾人も見かけたサンカ衆の重傷者たちは、総じてろくな衣類を着ておらず、ただのひとりも武器防具を身に着けていなかった。

武装解除されていただけなのだとしても、やせ細り折れそうな手足が哀れを誘った。ボロボロの着衣を見れば、彼らがどういう環境に置かれている者たちなのかは明白だ。

身につまされる様相だった。勝千代自身が、しばらく前までそういう環境に置かれていたから、つらさはわかる。

同情するべき状況だと思う。だがそれを面に出しはしなかった。

父が言う通り、サンカ衆は野盗。犯罪に手を染めた者たちなのだ。

「物見櫓ですが」

勝千代は複雑な思いを押し隠してつぶやいた。

「この部屋からも三つ見えます」

雪に埋まったものも含めれば、いったい全部でいくつあったのだろうか。

父はあの物見櫓を、対サンカ衆用のものだろうと言っていた。間違ってはいないと思う。

だが、あれだけの数の物見櫓を建てるのには相当の資金が必要だろうし、時間も労力もかかる。

それでも建てなければならなかった……つまりはそれなりに前から、手に負えないほどの襲撃を受けていたのではないか。

「そうだな」

父は頷き、伸ばした手で勝千代の頭を撫でた。

分厚く硬い手だ。勝千代にとっては、なにより安心できる父の手だ。

これは伝わっていないなと思ったが、「三の丸からだと五つ見える」と父が言ったので、とりあえずその言葉の続きを待った。

「あれだけの櫓を築かねばならぬほど、サンカ衆はたびたびこの城を襲撃していた。奴ら単独ではそれは無理ではないかということだな」

「はい」

そう、彼らにスポンサーがいると考えるのが妥当なのだ。

何も持たない流浪の民が、今川の城を何度も執拗に攻めるなど、どう考えても無理がある。武器や防具、あるいは食料などの提供があったに違いなかった。

勝千代は考えが通じたことにほっとしながら、難しい顔を崩さない父と、ひどく嫌そうに顔をしかめている二木とを交互に見た。

城が壊滅状態になったのに、物見櫓は難を逃れていくつか残っている。

大きな建物がなくなれば余計にはっきり、城全体を囲うように建てられているのがわかった。

五十や百、あるいはもっと規模の大きな襲撃ならば、望楼の監視だけで近づいてくる敵にも気づけるし、対処もできる。

だがたとえば、ひとりふたりなどの少人数でこっそり侵入され、米蔵や武器庫に悪さをされたら？

その時々の被害は些少かもしれないが、度重なってくるとたまったものではないだろう。

いわゆるゲリラ戦法で延々と嫌がらせをされたら、侵入を阻もうと城の外周を見張り、そのための櫓を建てるのもわからなくはない。

それを前提として物見櫓の数を見れば、岡部側がかなり苦労していたことが見て取れる。

「敵兵でなく、野盗対策か……あまり大きな声では言えない話だな」

父はそう言って、ちらりと屋外の方向に視線を向けた。

野盗相手に手こずっているなど、上から叱責されるレベルのことだろうから、岡部はそれを周囲には悟られないようにしていただろう。

きっとそれが、サンカ衆にもいまだ見えぬ誰かにも都合がよかったのだ。

「サンカ衆がどこかの誰かと約定を交わして、この城をたびたび攻撃したのだとします」

改まった風にそう言ったのは二木だ。勝千代と父との視線を浴びて、若干怯んだ表情になったもののの、強気の口調で言葉を続ける。

「その理由は？」

そこまではわからない。たとえば岡部をその地位から引きずり下ろしたかったとか、姉弟が狙われたのと同じ理由で、なんらかの怨恨があるのかもしれない。

勝千代の頭ではその程度の想像しかできなかったが、父は違ったようで、じょりじょりと顎髭をさすりながら低く唸った。

「信濃か」

「ありえますね」

考えた末にそう言った父に、二木はすぐさま同意したが、十中八九違うと思う。

国境を接した信濃であれば、調略の一環としてそういうことをしてくる可能性はゼロではない。

だが今の季節は軍が身動き取れない真冬なのだ。

雪山を死にそうになって越えてきたからわかる。あの寒さを凌ぐのは並大抵のことではない。

「信濃であれば、すぐにも本隊が攻め入ってこないのはおかしいです」

勝千代はそう言って、蓑と温石があっても凍死しそうだったことを思い出し、身震いした。

狙ってサンカ衆を仕掛けたのであれば、今のこの無防備な状態を見過ごすわけがない。追って信濃兵が大挙して襲ってくるはずなのだ。

だが数日経った今でもそんな様子はなく、むしろなお一層雪が深く国境方面を埋め尽くしている。

「この雪だからな」

父はため息交じりにそう言って、首を横に振った。

二木も真似したように肩をすくめている。

つまり敵は信濃ではない。

サンカ衆の後ろにいる何者かは、明らかに岡部を潰そうとしてきている。その理由がわからない
うちは、大元にたどり着けそうになかった。
誰がこの辺境の出城を欲しがっているのだろう。
ここは領地付きの城ではない。あくまでも今川家のもので、岡部はその出城の管理者に過ぎない。
近隣の領主？　ありえなくもないが、彼らとて今川家に臣従している。国境の出城を奪うリスク
に値する旨味はあるのか？
さらに言えば、岡部が脅されて勝千代たちを殺そうとした件について、一見サンカ衆とは別件の
ように見えるが、あまりにも時期が合いすぎている。
今の季節にあれだけの夜討ちを行わせる理由など、そうそうあるわけもなく、あまりにも不自然
すぎるのだ。
言葉にしなくとも、父と二木の頭にも勝千代と同じ危惧がずっとあったと思う。
勝千代らを殺すよう命じた何者かは、もしかするとこの城をずっと狙ってきた黒幕と同一なのか
もしれない。

さらにはもうひとつ。

どうしても話しておきたいことがあって、窺うように父を見ると、父も二木もじーっと不思議な視線でこちらを凝視していた。

父はともかく、二木はもはや隠そうともせず奇異の目で見てくる。

一瞬、これ以上は出すぎたことだと口をつぐもうかと迷った。

勝千代は心のどこかで父に厭《いと》われることを心底恐れていた。

だが同時に、傷だらけの身体で震えながら槍を振っていた後ろ姿を思い出す。

こんなところで死にたくない。父を死なせたくない。

ひそかに深呼吸して心を決める。

「この雪崩のことも確かめてみたほうがいいかもしれません」

「……確かめる？」

「自然のものか、何者かが意図して起こしたか」

ただでさえ強面な父の顔が、急に深刻そうなものになった。怒りをあらわにされても怖いが、こちらも恐ろしい。

だが勝千代は、努めて無邪気な子供の表情で父を見上げた。

「今年のような雪の量で、背後に急な斜面などもない状況で、こんなに大きな雪崩が起こるものでしょうか」

「……あまり聞かない話だな」

雪中の行軍について詳しい父が言うのだから、そうそう起こることではないのだろう。

仮に……仮にだ。雪崩が誰かが意図的に起こしたものだとして。

雪崩は敵味方関係なく襲った。人工的に雪崩を起こし、一石二鳥でサンカ衆らの口をも封じようとしたのだと思わせれば……交渉が可能だと思わないか？

「……また悪い顔を」

二木がぶつぶつ何か言っている。勝千代はにっこりと笑みを浮かべ、蛇男の悪態を無視した。悪い顔なんてしていない。何回も失礼な男だ。

「おそらくサンカ衆はこちらの動向を窺っているはずです。山の斜面の上のほうを確認しに行き、嘘でもいいので仕掛けなど発見してみせれば、こちらの話に乗ってきてくれるでしょう」

「これまで味方だと思うていた雇い主を、口封じを謀った敵だと思わせるのか」

そうなれば、金品で買収するというのも荒唐無稽な話ではない。

「難しいとお思いですか？」

「……いや」

父はなおも顎髭を撫で、じっと勝千代を見下ろしてきた。

そのやけにまっすぐな視線を受けて、ぎゅっと肝が縮んだ。

もともと父はこうやって真正面から他人の目を見る人だが、これまでになく深く鋭く探るような凝視に感じられたのだ。

勝千代の脳裏に、過去の記憶が蘇った。飢え、寒さに震え、虐げられたあの城での日々だ。

父に不気味な子、いらない子だと思われたらどうなる？　またあの城の片隅で、今度はヨネもいない状況で放置されるのか？

父がそんなひどいことをするはずがないと思いつつも、ただ生き残るのだと、それだけを思って固めた覚悟はあっという間に霧散した。

思い出すのは痛みと空腹。……いや、つらかったそれらの記憶よりも、周囲のすべてから憎まれる状況のほうが恐ろしい。

なにより父に、忌避の目で見られることが怖かった。

「父上」

これは打算だろうか。保身だろうか。

勝千代はそんなことを思いながら、瞬きもせずじっと父を見上げた。

視線が合って、父がひどくわかりやすく動揺したのに気づき、ほっとした。

いつもの父だ。勝千代をまっすぐに愛してくれている父だ。

笑えるほど、己が父の子のままでいたいと願っているのだと自覚した。

それは勝千代の中の人というよりも、もっと深いところに沈んでしまった幼い子供の意識なのかもしれない。

勝千代は父の視線を受け止めて、特に意図したわけではなく、小さく首を傾けた。

髭面の熊のような巨漢が、「うっ」と息を詰まらせ、胸元を手で押さえた。

わかるよ。子供の無垢な視線って、心に刺さるよな。

え？　中の人がいる段階で無垢じゃないだろうって？　……それは墓場まで持っていく秘密だぞ。幼い息子の中に四十路男がいるだなんて想像してみろ。何もかも包み隠さず話すことが正しいわけじゃないとわかるだろう？


「……わかった」

ややあって父は頷き、その傍らで二木がため息をついた。

「小五郎、何人か連れて雪崩の上のほうを確かめに行け。何も見つからなくとも構わない」

「はぁ」

露骨に嫌そうな顔をされたが、父は慣れているのかまったく気にもしないし、勝千代も、むしろそれを煽るように明るい微笑みを浮かべる。

「この城の者にも話を通して、現地に詳しい者を何名か出してもらうといい」

二木の眉がきゅっと寄った。

間違いなく、勝千代の言葉の言外の意味を察したのだろう。

「それは……」

下村が襲われた今、この城のどこかに敵がいると考えるべきだ。

敵とはつまり、勝千代と父とを狙っている刺客どものことだ。

雪崩が人工的なものか否かは、はっきり言ってどうでもいい。

見張っている者たちに、こちらが手勢を分け何やら動きはじめたと思わせれば、なんらかの反応をするだろうと踏んだのだ。

特に、敵がサンカ衆とつながっている場合、絶対に接触させまいとするだろう。

「……囮ですか」

非常に渋い顔つきでそう言った二木に、勝千代はにっこりと増し増しの笑顔を向けた。

頑張ってくれ。

言外にそう言ってやると、渋面がますます深いものになる。

「そういえば父上、岡部殿の意識が戻ったようですね」

二木に拒否する間も与えずそう言うと、父は重々しく「うむ」と頷いた。

「生き延びることができるかはまだわからんが、よい知らせではある」

「話はされましたか?」

「いや、声を出せるような状態ではないらしい」

まだ予断は許さないようだ。詳しい話を聞くことができれば、少しは状況がはっきりするのに。

「やはりサンカ衆のほうが先ですね」

勝千代は、ダメ押しをするべく満面の笑みを浮かべ、二木を見た。

もの凄く渋く、もの凄く酸っぱいものを口に詰め込まれたような表情をしていた。

父に告げ口するぐらいだから、こうなることぐらい覚悟の上だろう?

そんな勝千代からの圧を受け取って、二木の顔色がさらに悪くなったが気にしない。

やるからにはやり返されることを考えろよ。馬鹿だな。

第七章　対立

父は二十人の配下を半分に分けた。

最初は残留組を三分の一にする予定だったのだが、それではあまりにも、と二木が渋ったので、半々にしたようだ。

そのあたりの配分について、口出しはしてない。敵がどちらを狙ってくるかなどわかるはずもないからだ。あるいは両方かもしれず、二木の心配も理解できる。

晴れてはいるが雲が多い明け方、まだ薄暗いうちに二木たちは山頂方面に向けて出立することになった。

勝千代はぬくぬくと厚着をし、父の腕に抱かれて眠気眼を擦っていた。

蓑をまとった二木に思いっきり恨みがましげな目で睨まれたが、気にせずに手を振る。

朝早いから眠いんじゃない、真っ白な雪というものは、照り返しが起き抜けの目に眩いのだ。

分厚い蓑を着た二木は、父だけに丁寧に頭を下げてから背中を向けた。

それについて何かを思うことはなく、逆に残りの者たちが、父と、勝千代にも頭を下げていくのが若干不思議だった。

勝千代はほとんど用をなさなくなった城の縄張りの内側で、その集団が遠くに去るまで見送った。

二木たちの数は十人。この城からの案内人が五人。

微妙な数だ。案内人に襲撃されたとしても返り討ちは可能だろう。ただ、伏兵はないという前提になるが。

「戻るぞ」


勝千代は、十人という寡兵を不安に思い、踵を返した父を見上げた。

抱き上げられているので、当然勝千代もその場を去ることになる。

父の肩越しに、遠ざかっていく二木らの後ろ姿をじっと見ていると、ポンポンと背中を叩かれた。

不安はなくならない。だがそれを面に出してはならない。

そう教えられた気がして、奥歯を噛みしめて顔を伏せる。

二木たちの心配をしている場合でもないのだ。父以外の者たちは帯刀し、それなりの防具を身にまとっている。

違和感を覚えるほどの重装備ではないが、こちらも襲撃を警戒しているのがわかる構えだ。

途中、すでに起きて作業を始めている兵たちとすれ違った。倒壊した建物の撤去に合わせて、被災者の捜索もいまだ続いているのだ。

父は気軽に彼らと挨拶を交わしているが、その全員が敵に回ったらと想像してしまった。

こちらは十数人、多くの兵が死傷したとはいえ、この城にはまだ二百以上残っている。非戦闘員も含めてだが、無視できない数だと思う。

父がいるからと、安易に考えるべきではなかったかもしれない。

ぎゅっと肩口の布を握り締め、目をつぶった。


「殿」

不意に、土井が小さく声を上げた。

ぱちりと目を開けた勝千代が見たのは、目立たない場所に立っているひとりの少女だ。ツバキの花枝のあの子が、こちらに向かって数回同じ動きをしてから一礼して去った。

勝千代は段蔵に目を向けた。あのハンドサインの意味を読み解けるのは忍びだけだ。

父と勝千代の視線を受けて、一行の端のほうにいた段蔵が軽く頭を下げた。

「待ち伏せされているそうです。数は四十ほど」

「……ふん」

勝千代は青ざめたが、父の反応といえば軽く鼻を鳴らしただけだった。

ざっと強く泥雪を踏む音がした。

勝千代の目に映ったのは、歴戦の武将である父と、その麾下の者たちが意気を整える様だ。

身構えたとか、刀の柄に手を置いたとか、そういうことではない。

父の肩越しに土井と視線が合ったが、一瞬だけ困ったような笑みを返してくれたあとは、普段とは雲泥の差の、もの凄く恐ろしげな表情になっている。


遠くで騒ぎが聞こえたのは、本丸曲輪に足を踏み入れたそのときだった。

「何をお考えですか！　母上っ」

一朗太少年の叫び声だ。

「そなたは引いておれ」

「母上！」

そのやり取りだけで、おおよそのことは把握できてしまった。

少年の声が遠ざかっていく。無理やり誰かに連れていかれたのだろう。

本人には悪いが、むしろそれでよかった。この先どうなるかはわからないが、あの優しい子の目には触れさせたくない。

勝千代は、ぎゅっと手に力を籠めた。己もそうされるかもしれないと恐れたからだ。

何があろうとも、見届けるべきだと思っていたのは建前。

これ以上兵を分けて、不利になっては困るという思いはもちろんあるが、それ以上に、父から引き離されることへの強い不安があった。

命とは、簡単に消えてしまうものだ。

この時代に生きる者としては当たり前の感覚なのかもしれない。

だが、まるで綱渡りをしているかのようなその恐怖に、慣れたいとは思わない。

父は構わず、ずんずんと進んだ。

四倍の伏兵がいるのだろう？　大丈夫なのか？

もう少し警戒したほうがと心配になるほど、迷いのない足取りだった。

皆、土足のまま回廊に上がった。

廊下に土足という違和感、非現実感が、ますます状況の逼迫《ひっぱく》を告げている。

勝千代は不意に、首筋を冷たいもので撫でられたような錯覚に陥った。

同時に、ギラリと光る刃の切っ先が、こちらを向いて朝日を弾いた。

それは生々しいほど研ぎ澄まされた、長槍の穂先だった。

どうしてそんな真新しい、磨き上げられた武器を持っているのだ。雪の下から掘り出したのか？

しかも屋内で槍？　……そんな違和感を覚えたのは勝千代だけだろうか。

皆が集まっていたいつもの倉庫。普通にまだ怪我人のいた寝間も敷かれたままで、暖を取るための火鉢もそのままだった。

そんな板間の奥からこちらを囲うようにして、長い槍が突き付けられている。

ざざっと雪を踏む音がして、廊下の外側の雪かきをした場所にも十数名が並び、詰め寄ってくる。

その数、総勢四十名弱か。

数で勝る敵に前後を塞がれた形になり、足元がすうっと消えていくような錯覚を覚えた。

怖い。

ギラギラと輝く穂先が今にも突進してきそうで、死への恐怖でみぞおちが軋む。

睨み合っている間は、時間にして数秒もなかったかと思う。

シャリと背後で鋼が滑る音がした。土井ら福島勢が刀を抜いたのだ。

こちらの武器は全員刀だ。槍は部屋に置いてきていた。

父は勝千代を抱きかかえているせいか、微動だにせず仁王立ちしたままだ。

その巌のようにどっしりと構える姿に、落ち着かねばと深呼吸した。それでも少し震えていたかもしれない。大きな手が、宥めるように背中に添えられる。

「……どういうつもりか」

父の太い声が、冷えた空気を震わせた。

吐く息が白く、まるで勢いよく蒸気を吐いているかのよう。

至近距離で見るその顔は、鼻頭に寄ったしわといい、剥き出しになった犬歯といい、さらには寝癖で無法に広がった髭と相まって、さながら鬼か化生のようだった。

向けられた穂先が若干揺れた。

福島勢が刀を抜いたせいもあるだろうが、父の憤怒の形相が怖かったのだと思う。

だって本当に怖い。身内でも震え上がるほど怖い。

そんな鋭い視線を受けて、前列にいた青年の槍先がひときわ大きく震えはじめた。

向けられた穂先はずいぶんと大きく、槍自体がかなり長い。

長い分重量もありそうだから、構えた姿勢をキープするのが難しいというのもあるのだろう。

「小僧」

野太い声だ。鉄錆のようにざらついた、悪役もかくやという低音。

「恐ろしいなら槍を置け。命だけは助けてやろう」

台詞回しも悪役そのものだ。

「……御免っ」

長槍兵たちは父のその発言をどう取ったのか、意を決したように一斉に突きかかってきた。

先端恐怖症だなどと思ったことはなかったが、尖った槍先が一斉に向かってくる様は心臓が止まりそうなほど恐ろしかった。

勝千代はぎゅっと目を閉じ手に力を籠めた。

しがみついた着物の下で、父の硬い筋肉がグンと動くのがわかった。

ああ、いやだいやだいやだ。

目を閉じてしまったことへの自責の念と、立ち込める血臭への吐き気。

奥歯をぐっと噛みしめ、情けない声がこぼれるのだけは堪えた。

ただ、父と皆が怪我をしないように、それだけを考えるようにした。

「おのれぇぇぇぇぇっ！」

ひときわ大きな声がして、止めていた呼吸が変な風に漏れた。勝千代はその情けない悲鳴のような喘ぎを、必死に喉の奥に押し込んだ。

いつの間にか目を開けていた。怖いもの見たさか……いや違う。何故か見なければならないという漠然とした確信があったからだ。

「……っ！」

目を開けた瞬間、至近距離で血しぶきが飛んだ。

父が迫ってきた兵を切りつけたのだ。

明るい陽の差す屋内、これまでにないほどはっきりと、人の首が飛ぶ瞬間を目の当たりにしてしまった。

……これが戦国か。

大河ドラマや時代劇でも戦いの描写はよく見るが、あんなに無味無臭できれいなものではない。

飛び散る鮮血、立ち込める悪臭。

生臭く、べたべたドロドロとした体液が無尽蔵に周囲を穢し、口を開けていたわけでもないのに、咥内に錆びた味が広がる。

人間の死は、美しいものではない。

飛んできた鮮血が頬に当たるのを感じながら、勝千代は父の死への理想などろくなものではないと断じた。


「だいじないか」

そう問われて、呆然としていたことに気づいた。

太い指で頬を拭われ、はっと我に返る。

「……お怪我は」

「ない」

当たり前のように答える父に、ほっとすると同時に、足元に転がる死体の山からどうしても目を逸らすことができなかった。

「皆も?」

「深手はおりませぬ」

そう答えたのは土井で、その近くには南もいた。脱臼していた肩は大丈夫なのだろうか、痛めていたほうの手にいまだ抜き身の刀を握っている。

四十名ほどもいた槍兵は、すべて死体になっていて、床には膨大な量の血の海が広がっていた。

抑えがたい吐き気が込み上げ食道を焼いたが、根性で戻すのは堪えた。

数秒間の沈黙のあと。

「ひいいっ」

甲高い女性の悲鳴が上がった。

それから次々に、騒ぎが大きくなる。

父は黙って刀を収めた。勝千代を左腕に抱えているから、戦いも、今の納刀も、すべて右手一本での動きだ。

ガタリ、と木襖が動いた。

その隙間から、真っ青な顔で震える岡部の奥方と、勝千代の面倒も見てくれていた医者がこちらを見ていた。

悲鳴を上げたのは女中だ。奥方は歯の根も合わない様子で、ただガタガタと震えているだけだ。

急に父の配下のひとりが、血だまりを踏みながら駆け出した。

バン！　と襖を全開にして、腰を抜かした奥方たちではなく、そこから逃げようとしていた男の首根っこを掴んで室内に引き戻す。

女中がまたけたたましい悲鳴を上げた。


勝千代は、父が歩くたびにびちゃびちゃと音を立てる血の海を見下ろしていた。

死体がゴロゴロと無造作に転がり、そのどの者もまだ年若い青年、あるいは少年だと見て取れる。

真新しい鎧、真新しい兜、血まみれの手足も、刀を握ることに慣れた武人のものには見えなかった。

「……ちちうえ」

勝千代は血の臭いに酔いそうになりながら父を呼んだ。

酔いそうといっても、もちろん気持ち悪くなるほうの酔いだ。

「見てください、父上」

父は血糊がほとんど飛んでいない隣室との境で立ち止まり、袖を引く勝千代を見下ろした。

「武具が真新しいです」

父は、路傍の石を見るように足元に目をやった。

それ以上の判断は、父に任せた。

「……見たことのない顔だな」

父が言う通り、この城の中では一度もお目にかかったことのない男たちだった。復旧のために若者の力は必要とされていたので、勝千代に見覚えがなくともたいていは父と面識がある。

それでも父が知らないというのなら、この城の者ではないのだろう。


部屋の隅で、首根っこを掴まれてジタバタと暴れていた男に近づく。

こちらもまったく見覚えのない男だった。

そこそこの年齢、身分ありげな身なりだから、今死んだ者たちの指揮官かもしれない。

「……おかしなところで会う」

この城では見たことのない男だが、父とは知己だったらしい。

男は血色の悪い顔でこちらを見上げて、まず父を見た。

次に勝千代を見て、青ざめていたその表情からさらに血の気を失せさせた。

パクパクとその唇が開閉し、何かを言おうとして、やがて諦めたようにぎゅっと引き絞る。

「二度と顔を見せるなと申し付けたはずだが」

「と、殿」

「庵原《いはら》の家も放逐されたか？　それとも……」

殿、と呼んだということは、少なくとも一時期、父の家臣だったのか。

その後、「いはら」という家に仕官したところまでは父も知っていた。つまり、それなりに行く末を気にする相手だったということでもある。

気にする、というのが気にかけるならばいいが、用心するべき相手だという意味だった場合、この男こそが勝千代と父を殺そうとした黒幕なのかもしれない。

……そこまで腹が据わった男には見えないが。

「父上」

だが、勝千代が父を呼んだ瞬間、男の表情が憎悪に歪んだ。

……なるほど？　少なくとも勝千代を憎み、殺したいと願い、そのためになら父ごと死ねばよいと考える程度には敵であるらしい。

「この者が岡部殿に我らを殺せと命じたのですか？」

意図してストレートに、無邪気な子供の口調で聞いてみた。

凍り付いたのは、父ではなくそのほかの者たちだった。

特に顕著な反応を見せたのは奥方。ひゅっと音が聞こえるほど鋭く息を飲み、今にも失神しそうな顔色をしている。

「……違うな」

ややあって、父は答えた。

「この男にそこまでの才覚はない」

ずいぶんと露骨で容赦のない断定だ。そう言い切るだけの根拠があるのだろうか。人間誰だって、本気になれば実力以上の結果を成せると思うのだが。

一応は納得したように頷いて、勝千代は再び男に視線を向けた。

目が合って、一瞬。

悔しそうに唇を噛む男の顔が、引きつったように見えた。

「ち……」

父上！　と警告の言葉を発するより先に、父は足元の長槍を蹴り飛ばしていた。

陽光をわずかに弾き飛んできた小刀は、父が蹴った長槍の柄の部分にぶつかって落ちた。勝千代たちよりかなり手前の位置だった。

「ぐっ」

くぐもった呻き声がして、はっと男のほうに視線を戻すと、血の混じった泡をぼこぼこと吹きながら白目を剥いていた。

小刀を飛ばしたのは、こちらの命を狙ってか。あるいは毒をあおる隙を作るためだったのか。

よほど強い毒物だったのか、男は数秒ともたず息絶えた。


かつて父に仕えていたなら、その化け物じみた強さのことも熟知していたはずだ。

四倍の敵でも足りないと、十倍二十倍を用意していてもよかった。

いや、あっけなく散った兵を用意したときには、まだ福島が兵を二分するとは思っていなかったはずだから、実質はただの倍だ。

通常はそれでも十分に多いのだが、父に対するには心もとないとわかっていたはずだ。

しかもやたらと若く、経験のなさそうな者たちばかり。

父を死なせる気はなかったのかもしれない。

自死した男の死体を調べている弥太郎の背中を見ながら、ぼんやりとそんなことを思った。

勝千代にはあれだけ憎々しげな眼を向けてきたのに、父にはそれほどでもなかった。

そのことがひどく気になって、尋ねてみようかと父の顔を見たのだが、じっと男を見下ろしているその表情を見て黙った。

話せない何かがあるのだと察したからだ。


「ずいぶんと楽しいことがあったようですね」

半日後、何事もなく戻ってきた二木は、皮肉たっぷりの口調で言った。

彼らのほうに襲撃はなかったらしい。普通に雪山登山をした二木らは、たった半日でずいぶんと日焼けしていた。

すでに着替えも済ませ、血の臭いにげんなりしている勝千代よりよほど元気そうに見える。

「首尾は」

「結構な眺めでしたよ」

勝千代の問いかけに、ふざけた口調で答えた二木だが、父に向かってはきちんと礼を取って帰還の挨拶をした。そういうところだけ律儀な男だ。

顔を上げ、もったいぶった風にこちらを見てから、親指と人差し指と中指の三本を立てた。

「気になるのは三点」

まずは親指に触れて。

「山の上は、細工を探すまでもなく妙でした」

「妙とは」

父には従順な二木は、軽く頭を下げてから報告を続けた。

「大勢が岩穴を利用して野営をしていた形跡があります。下手をすると撤収して半日も経っていません」

頂上で野営？　先ほど襲いかかってきた者たちだろうか。

「何をしていたかはわかりませんが、二、三十人……あるいはそれ以上。五日は滞在していたのではないかと」

父がしきりに顎をさすっている。

五日、ということはサンカ衆の夜討ちよりも前だ。

もしかすると本当に、なんらかの仕掛けを講じて雪崩を起こしたのかもしれない。

だが岩穴か。野宿よりはましだろうが、夜は特に冷えただろう。

勝千代はぼんやりと、極寒の雪山に幾日も閉じ込められる状況を想像してみた。この時代の装備では、肺炎になる未来しか思いつかない。

「そこで非常に面白いものを見つけましたよ」

二木は人差し指に触れてから、懐から見覚えのある手ぬぐいを取り出した。

それいつも手拭きに使ってるやつ……そんなことを思っていると、折りたたまれた手ぬぐいの上をパラリと開けた。

挟まれていたのは、小さな印籠？　薬籠？　お付きの者が懐から取り出して「ひかえおろう」とやるやつだと言えばわかるだろうか。

子供の頃にテレビで見たものより小ぶりな気がするが、黒光りする漆塗りで、現代人の目にも見事だとわかる細工物だった。その中央には、金箔で家紋が描かれている。

それを見るなり勝千代はため息をつき、続いて父もまた、野太い息を吐いた。

丸に七枚の笹の葉が描かれた、特徴的な形状。

紺地に青という地味に織られた父の直垂の模様と同じだ。

「誰かが山の上に調査に訪れれば、必ず目に留まる場所に置かれていました。糸井《いとい》め、ふざけた真似をしてくれる」

糸井というのは、勝千代と父とを殺しそこね、自裁した男の名だ。

「最後の一つは？」

勝千代の問いに、二木はもったいぶった風に唇を歪め、横目でこちらを見た。

「知りたいですか？」

呆れた表情で見返してやると、二木はチッと小さく舌打ちしたあとに、「カチコチに凍った死体がありました」と告げた。

小袖に袴という軽装の男だったそうだ。しかも、手足を縛られて放置されていたとか。

身ぐるみはがされたのか、所持品がないので身元はわからないそうだが、捕らわれていたということは、糸井らにとって都合が悪い者だったのだろう。

あえてその状態で死体を残していったことで、もしかすると父の敵を増やそうと画策していたのかもしれない。

「サンカ衆は？」

問題の三つの中に含まれていなかったということは、たいした動きはなかったのだろう。

そう思いながら問うと、二木はどうでもいいという風に肩をすくめた。

「ずっと見張られていました。足が速い男です。捕まえようにもすぐ逃げられてしまいましたが」

では、接触はできずということか。

勝千代は頷いた。

サンカ衆を買収できないということは、いつかまたこの城に襲撃を仕掛けてくる可能性が捨てきれない。

少し考えて、隣に座っている父の髭面を見上げた。

「近くのご領主へ話をするという件はどうなりましたか」

雪崩のあと、比較的早期に、近くの国人領主たちに助けを求めるという案は出ていた。

だがこちらの人員不足のせいで、勝千代の知る限りではまだ伝令は出していないはずだ。

サンカ衆を扇動し、この城を襲った黒幕が誰かわからない。万が一にもその国人領主だった場合のことを考えてだろうが、他所から来た四十名もの兵士に襲われたことを考えると、早期に第三者を介入させたほうがいい。

「何か所かに救助の要請をしましょう」

そうすれば、誰かが襲撃者の正体に気づくかもしれない。いやその中に黒幕がいたとしても、今川家の出城に手を出すという所業が露見するのを防ぐために、これ以上の余計な動きはできなくなるはずだ。

勝千代は重々しく頷く父から、正面に座る二木に視線を移した。

「……嫌ですからね」

目が合った瞬間に、真っ先に拒絶された。

二木は伝令に志願する気はないらしい。正式な要請になるので、それなりの身分の者が望ましく、父の側付きならその資格は十分なのだが……嫌なのか。そうか。

勝千代だけではなく父からもじっと見つめられて、若干口ごもりつつも、二木はきっぱりと首を横に振った。

「嫌です」

戻ってきたばかりだの、雪中の強行軍がつらかっただの、ぐちぐちと言っていたが、要するに父の側を離れることに不安を感じているのだろう。

こうもたびたび襲撃を受けていれば、心配する気持ちもわからなくはない。

己が不在のときに万が一のことがあってはと、危惧するのは当然のことだ。

だが結局、父の「頼む」に逆らえる男ではなかった。

せっかく濡れた着物から解放されたのに、日が暮れる前に再び蓑をまとう羽目になった二木は、哀れを誘う表情でこちらを見つめた。

ひとりで行くわけじゃない。案内役に段蔵がつくから、きっと最短で行ける。

励ますように頷きを返すと、もの凄く嫌そうな顔をされた。

「覚えてろよ」とでも言いたげにこちらを睨んでから、父から渡された書簡を三通、大切そうに懐に収めた。

二木と段蔵とで三つの領地を回る。書簡を届けるだけの伝令役だから、歓待されることもないだろう。急いで回って二日といったところだろうか。増援が来るまでに三日？　四日？

「行った先で、山の上で死んでいた男のことを聞いてみてほしい」

おそらくは近隣のどこかの領地の者だと思う。

二木はむっつりと唇を引き締め、何かを我慢するような表情をしてから、やがて長く息を吐いた。

「わかりましたよ」

「気をつけて」

「はいはい、わかりましたって！」

遠ざかっていくその後ろ姿には、どこか哀愁のようなものがあった。

少しだけ申し訳ない気持ちが湧いた。……ほんの少しだけだけど。

ともあれ、無事の帰還を祈っておく。

第八章　万事

いつも通り厠帰りの井戸端で手を洗おうとしていると、不意に南が何かに気づいたように顔を上げた。

引き上げた木桶を見ていた土井の手から、カランと音を立てて柄杓が落ちる。

南の視線を追った勝千代は、東屋の屋根の上に、がっしりとした体格の男がいるのに気づいた。

土井と南がそろって刀の柄に手を当て身構えたので、そこで初めて背筋に冷たいものが走る。

板屋根の上で腰を低くしているその男は、ひと目でそれとわかる山の民、サンカ衆だった。

擦り切れた着物と、伸ばし放題の髪、手入れされているのかいないのかわからない髭面。

最も目を引くのは、獣の皮で作られたベストのような羽織だ。

あれいいな。熊？　鹿？

勝千代の第一印象は、毛皮ベストについての感想だった。この時代における貴重な防寒着に見えたからだ。

「だれ？」

己はあどけない四歳児。無邪気で可愛らしい幼児。自身にそう言い聞かせながら、こてり、と首を傾げる。

「どうして屋根の上いるの？」

まあ、あの男のせいだろうな。勝千代はもうここにいない二木に心の中で悪態をついた。接触はなかったと言っていたのに、うまく釣り上げているじゃないか。二木め、こうなるとわかっていて話さなかったな。

どこかで哄笑《こうしょう》の幻聴が聞こえた気がした。

そんな勝千代の視線をどう受け止めたのか、屋根の上にいた男は表情のわかりにくい顔で顎を引いた。

父ほどではないが大柄な、父のように顔の半分が髭で覆われた男だ。

髭のせいで年齢はよくわからないが、中年という感じはしないから、まだ若いのかもしれない。

「危ないから、降りてきたら？」

――背後に鬼がいるよ。

普段通りの弥太郎が、当たり前のようにサンカの男の真後ろに立っていた。

ばっと勢いよく振り返った男が、腰に差していた分厚い鉈のような刃物を抜き放つ。

穏やかな表情。役人か銀行員のような無難な微笑み。弥太郎は中肉中背なので、ふたりの体格差は歴然としていたが、不思議となんの心配もしなかった。

冬の薄い日差しを照り返す、刃の輝きは鈍い。

勝千代の目には、切り結ぶ瞬間すらわからなかった。

交錯したようにも見えなかった数秒後、弥太郎は屋根の上で仁王立ちになっており、毛皮の男は背中を破風に押し当て右肩を押さえていた。

カンカンカン！　と、終了のゴングが聞こえたのは勝千代だけだろう。

ほんの瞬き数回分の出来事だった。


弥太郎が忍びだということは知っていた。勝千代を抱えて冬山を駆け抜けたあの経験から、それなりに腕は立つのだろうと予想もしていた。

だがこれまでは、勝千代専属の看護人、あるいは薬師の面しか見せてこなかった。

土井と南にはかなりの衝撃だったようで、屋根から一足飛びに降りてきたその姿を、ひどく警戒した表情で見ている。

しかし弥太郎は何事もなかったかのように柄杓で水をすくい、いつものように勝千代が手を出すのを待っていた。

そうだった。まだ厠帰りに手を洗っていなかった。

勝千代が両手を差し出すと、ゆっくりと丁寧に水を掛けてくれる。

その足元には、獣の皮を背中に垂らした屈強な男。

弥太郎に屋根から蹴り落とされ、どこかを痛めたのだろう、身体を丸めて唸っている。

勝千代は、しばらくそんな男を見下ろして考えた。

確かに繋ぎをつけたい、交渉したいとは言ったが、その仕事を丸投げしてくるとは思っていなかった。二木は父に嘘を言う男ではないから、実際の接触はないのだろう。それでどうやっておびき寄せたのか、気になるところだ。

両手を突き出し、水を流してもらいながら、「弥太郎」と静かに声をかける。

奇妙な重さで続く沈黙の中、その声は若干舌足らずであどけなく、本人の耳にもかなり場違いに聞こえた。

「話がしたいから、連れてきて」

弥太郎はじっと見ていないとわからない程度に小さく頷いただけだ。

勝千代は気にせず、乾いた布で丁寧に手を拭われるに任せた。

二木がどうやってこの男を呼び寄せたのか、手口はすぐにわかった。

山登りに同行した者たちと雑談しているように見せかけて、聞き耳を立てているサンカ衆の見張りに余計な入れ知恵をしたのだ。

いや、彼らと話をしなければならないのは確かなので、余計なことだとは言えないか。

ただ不確定要素が多すぎる。

勝千代ならばもっとストレートにコンタクトを取ろうとするだろう。

「城のお武家がわしらと話をしたがっとると聞いた」

訛りが強い男の声は、予想していた通り、成人男性というにはまだ少年っぽさを含んでいた。

髭面のむさくるしいその顔をまじまじと見る。

弥太郎に屋根から蹴り落とされ、痛みに唸っている間に南に拘束され、状況を考えれば絶体絶命と青ざめていてもよさそうなものなのに、上がり框に腰を下ろした勝千代を見上げる男はふてぶてしい。

幼い子供だからと甘く見ているのかもしれない。

まあ、それはそうか。勝千代だって、交渉相手に幼児は選ばない。

「父上に会わせてもよいが、その前に」

荒縄でぐるぐる巻きにされている男が、果たして交渉役たりうる立場にあるのか。

どうやってそれを確かめようかと思案しているうちに、男のボディチェックをしていた弥太郎がふと手を止めた。

勝千代にもわかった。男が腰紐の付近に触れられるのを嫌がったことが。

武器を隠し持っているのか？

抵抗しようにもすでに縄で縛られているので、抵抗は形だけのもので、男もすぐに諦めた。

弥太郎が引っ張り出したのは、薄汚れた麻布の袋。手のひらに載るほどのサイズで、口が固く結ばれている。

「……それは？」

勝千代が問うと、サンカの男がさっとそっぽを向く。

間を置かず弥太郎がその肩を掴んだ。

特に強い力を入れたようには見えなかったが、まっすぐだった男の背筋が丸まり、噛みしめた唇から苦痛の呻きがこぼれる。

相当に痛いのは、その額に玉の脂汗が浮かんだことからもわかるが、それでもなお男は無言のままだった。

「中に何が入っている?」

勝千代がそう尋ねると、土井が麻袋に触れようとしたが、弥太郎がそれを制した。

「毒が潜んでいるかもしれません」

そう言われて、土井は火傷でもしたかのように手を引く。

弥太郎はまず鼻先に近づけて臭いを嗅いだ。

その次に、慎重な手つきで固く結ばれた口紐を解きにかかる。

「……毒などない」

心外そうに、サンカ衆の男は言った。まあ確かに、肌に直接触れる位置に隠し持っていたから、無害である可能性は高い。

だからといって、弥太郎の用心を咎めはしない。それが彼の仕事だからだ。


小袋の中から出てきたのは、見覚えのある家紋が刻まれた小さな細工物だった。

漆塗りで手のひらサイズ。金箔の家紋。

ため息がこぼれた。

「………父上はどちらに」

「岡部殿のところです」

そうだった。

奥方の件を岡部殿に伝えるために、昼過ぎから三の丸に出向いていた。

勝千代は南に頷き返し、ふてくされた表情のサンカ衆の男に視線を戻した。

「これはどこで手に入れた？」

「知らぬ」

「高価なものだし、おいそれとそのあたりに転がっているものではない。もう一度聞く、これをどこで？」

「知ら……っ」

そっぽを向いた男の肩に、再び弥太郎の手が置かれた。

どこに触れたのか、ツボ的な部分だろうか、くぐもった悲鳴と同時に、ビクンと背筋が伸び、次いで海老のように丸くなる。

「弥太郎」

もういい、という意味を込めて名前を呼ぶ。

他人の苦痛の表情を眺めている趣味はない。

「言いたくないなら言わずともよい」

父の前でもその沈黙が保てるのなら好きにすればいいと思う。

「だが、脅しに使うつもりであれば覚悟を。父は気に入らぬと言うだろう」

サンカ衆の男はこわばった表情をしていたが、頑なに勝千代のほうを見ようとしなかった。

大柄な若者で、聞かん気も強そうだ。この手のタイプは、理詰めよりも肉体言語のほうが効く気がする。

　貧弱な童子が相手をするよりも、見るからに強い父のほうが相性がいいだろう。

　あっさりそう納得し、父の帰りを待つことにした。それほど長くはかからないはずだ。とはいえこの場から去ろうとしたわけではない。少し離れた位置で、おとなしく父が戻るのを待つことにしただけだ。

　いや時間があるなら厠に行こうかとは迷っていた。お子様の膀胱は容量が小さいのだ。土間のある部屋は吹き曝し感が強く、足元から冷気が這い上がってくる分身体が冷える。

　どれぐらい待っただろうか。

　無言で居続けるのにも飽きて、この場は弥太郎に任せて席を外そうかと腰を浮かせた瞬間。

「ま、まってくれ」

　サンカの男は焦った様子で勝千代を見上げた。なんだお前も厠か？　とは聞かなかった。まあ理由はわかっている。この場に弥太郎とふたりで残されることを恐れたのだろう。

　勝千代が首を傾け訝しげな表情を作ってみせると、男は焦ったように身を乗り出した。

「話がしたい。いや、話させてくれ」

「なんの話を？」

　わざとわからないふりをして首を傾げると、サンカ衆の男はゴクリと唾を飲み込んだ。

　躊躇い、言い淀み、よほど言いにくいことなのか、しきりに言葉を選んでいる。

「その薬籠は……指示役の男が落としていったものだ」

「待て。そなたの言うことを書面で残す」

勝千代は目配せで硯と紙とを用意させた。

ちょうど父が書簡を書いたばかりだったので、五分とかからず準備は整う。

あとで言った言わないと話が食い違っても困るから、こういうことはきちんと議事録を取っておくに限る。

ぽかんと口を開けた男が気を取り直したのは、勝千代が「まずは名を」と尋ねてからだ。

何度も目をしばたたかせ、周囲の大人たちを交互に見て。

「どうした、言えないのか?」

そう繰り返し問うて、ようやくまともに勝千代を見た。


男の名は万事《まんじ》というらしい。卍じゃなく、万事《ばんじ》のほうのマンジだ。聞いてもいないのにわざわざ説明してくれたから、先祖代々よほど誇りある名なのか、あるいは散々他人に説明する羽目になっているかのどちらかだろう。

そしてどうやら、ここを襲ったサンカ衆の長の息子らしい。

その肝心の長は、大勢とともにあの雪崩に飲み込まれて亡くなったそうだ。

万事は次の代を担うと決められていた若手のひとりだが、岡部攻めからは遠ざけられていた。

一族の今後を決める大勝負だからこそ、万が一の場合の備えとしてあえてそうしていたらしい。

総討ち入り決行の日取りを知って、心配だからと様子を見にきて、別の山からあの雪崩を見ていたのだそうだ。

自然の中で生きてきた彼らは、これもまた山の神の御意思かと、生き残った者たちを引き連れ静かに去るつもりでいた。

そこへ二木が、上手に疑惑の種を産み付けてくれた、というわけだ。

彼はひどく腹を立てていた。

サンカ衆の多くが、口封じのため始末されたと信じたからだ。

頼まれてたびたびこの城を襲撃していたと、あっさり白状した。サンカ衆が飢えず暮らしていけるように援助する、と約定を交わしてのことだった。

それが反故にされた。山の神の与えた定めならまだしも、裏切りによる大虐殺だった。

許せない、絶対に許せない。

低く唸るようなその声は、腹の底から響く慟哭だ。

家族を大勢失ったサンカ衆たちは、復讐をしたい、というのだ。

明らかに、二木の毒が効きすぎている。

「わかっていると思うが」

勝千代はあどけない口調をかなぐり捨てて、充血した男の目をまっすぐに見た。

復讐は何も生まないなどと、きれいごとを言う気はない。

率直なところ、恨みつらみを聞いたところで、こちらにしてみれば厄介なだけだ。

それよりも、二度とこの城を襲わないと約束して去ってくれたほうが何倍もいい。

「散々この城を攻撃してきた過去は覆らない。この城で死んだ者の家族にとって、そのほうらはそのほうらが今感じているのと同じ恨みの対象だ」

髭面の下で、万事が唇を噛む。

育ちのいいお坊ちゃまにわかるものか、と言いたいのだろう。

サンカ衆は、恵まれた者たちから奪うことを、罪だとは思っていないのかもしれない。

善悪以前の問題で、それは彼らの生きていくための正義なのかもしれない。

だがしかし、誰かにとっての正義は、誰かにとっての悪になりうる。

たとえば今ここで万事の首を刎ねたとしても、岡部殿の身内は当然だと頷くだろう。そして万事の家族は、さらなる恨みを募らせるだろう。

人間はこうやって対立を深め、争いを繰り返していくのだ。

「恨みを晴らしたいと申したな」

勝千代は少し考えて、万事を見下ろした。

「ならばここで死んでいった者たちの恨みを受け入れろ」

上がり框の分は高低差があるし、万事は土間に両膝を立てて座らされているのに、それでも目線がそれほど変わらない。

そんな幼い童子の言葉をどう受け取ったのか、万事は「ふっふっ」と荒い息をついて肩を上下させた。

「敵に報いを受けさせたいのだろう？　そのほうの親を、仲間を殺した奴らに復讐したいのだろう？」

「……そうだ」

「ならば、己が岡部の者たちに殺されても当然だと思え」

獣のような唸り声に、ほんの少し恐怖は感じたが、万事の肩には依然弥太郎の手が乗っている。ただそっと置かれているだけのようにも見えるが、勝千代に襲いかかろうとしても即座に抑え込むだろう。

「万事」

意図してゆっくりと、舌足らずにならないようにその名を呼んだ。

「この薬籠を落としていった者は、私と父をも殺そうとした」

はっと息を飲んだのは土井と南だ。

勝千代はじっと万事の目を見つめ、万事もまた、瞬きもせずじっとこちらを見上げている。どれぐらいそうしていただろう。

激しく上下していた万事の肩の揺れが止まった。

万事がこちらに聞こえるほど大きく息を吸って吐く。その音を聞きながら、勝千代もまた深呼吸した。

「同じ敵か」

太いその声には地面を擦るようなざらつきがあった。

勝千代はまっすぐにその目を見返して頷いた。

「そうだ」

「その家紋の主《ぬし》か」

「それはどうかわからない。ちなみに言うが、『丸に七枚根笹』は福島家《うち》の家紋だ」

万事の眉間にしわが寄る。

「はめられたのか」

「かもしれない」

「目的はなんだ」

勝千代はしばらく黙って、それから首をそっと左右に振った。

「何故この城を襲わせ、何故そのほうらを口封じしようとしたのかはわからない。我らを殺そうとした理由についても同様だ」

盛大な舌打ちが返ってきた。

反射的に弥太郎が手に力を込めたのか、万事の視線が一瞬そちらに向く。

「何もわかってねぇのか」

「それはそのほうらも同じだろう」

再び舌打ち。しかし先ほどよりはいくらか小さく控えめだった。

勝千代は、一連の事を筆記している土井に視線を向けた。

ちょうど書き終わったのか顔を上げ、視線が合って頷き返される。

筆が置かれるのを確認してから、言葉を続けた。

「同じ敵ならば、協力できることもあるかと思う」

「……どういう意味だ」

「仲間を飢えさせたくないのだろう？」

途端に、用心深い目で見返された。

わからなくはない。あんなことがあったばかりだ。

勝千代はあらかじめ考えておいた条件を先に提示した。

返答は聞かなかった。

すぐに答えることができる問題ではないとわかっていたからだ。


縄を解くと、万事はたいしてダメージを受けた風もなく立ち上がり、さっさと距離を開けた。

こちらが追ってくる気配を見せないことを確かめて、睨んでいると言ってもいい一瞥を投げかけてから、引き戸を開けて小屋を出ていく。

「よろしかったのですか」

不安そうな顔をしているのは土井と南だ。

本来父がするべき交渉を、四歳の童子が勝手に済ませてしまったのだ。心配もするだろう。

「まあ、大丈夫じゃないか」

あらかじめ父に話しておいた内容と大きく違いはない。

すぐにこの地を離れ、今川の領内では二度と盗賊仕事をしないこと。

その対価として、サンカ衆には金品（御台様の見舞い品）を渡すこと。

福島家の家紋の件については他言無用。

万事の恨み云々、勝千代らを殺そうとしている者については、互いに情報を共有するが干渉はしない。

むしろサンカ衆にとっては破格と言ってもいい条件だと思う。

「周辺から完全に撤退してくれるのならそれでいい。福島家がこの城を潰そうとしたなどと、余計な流言をばらまかれたくもない」

「……ですが」

信用できるのか。そう問いたい気持ちはわかる。

だが、仮に金品だけ奪われ約束を反故にされても、こちらに大きな痛手にはならない。

御台様からの頂き物なので懐は痛まないし、完全に敵対するとなれば、父の怒りを買うだけだ。

「万事らも、それぐらいの算段はできるだろう」

金品を受け取って条件を飲もうが、約束を反故にしようが、結果は同じ。穏便に国から出ていくか、そうでないかの差だけだ。

ガラリ、と勢いよく引き戸が開いた。びくりと飛び上がったのは勝千代と土井だ。

巨大な人影が入り口を塞いで、小屋の中を見回した。父だ。

「お勝」

「父上」

ほっとして表情を緩めると、同時に父もひどく安堵したように目尻を垂らした。

「無事か」

万事が来たことが伝わったのだろうか。

大丈夫だと頷くと、父は「ふう」と息を吐いた。

「奥方がまた厄介なことを言うてきてな」

父は意識の戻った岡部殿に、他家の者たちに襲撃を受けた話をしに行っていた。

あの場所に奥方がいて、むしろ推奨する言動を取っていたのは、ほかならぬ息子の一朗太少年が知っている。言い逃れはできない。

それなのに、なおもまだ何か言っているのか。

勝千代の渋い表情を見て、父は再び太いため息をついた。

「我らがサンカ衆とつながっておるとな。現に今、お勝のもとへ頭目が会いに来ておると言うのだ」

「……はあ」

明らかに偶然ではない。

勝千代らの動きを見張る者がいて、それを奥方に伝えているのだ。

心当たり？　可住区域が狭すぎるので、大勢が建物の周囲を行き交っている。そのうちの何人かが奥方に味方してもおかしくはない。

父にそのことを説明すると、納得したように頷かれて、いよいよこの城にも長居できないなという話になった。

城主の奥方とここまで感情的に拗れてしまえば、兵たちの動揺も増すだろうし、ただでさえ少ない人員が、どちらにつくかで割れかねない。

状況にもよるが、二木が戻り次第いつでも出立できるよう準備をしておくようにと言われた。とはいえ、勝千代に何か仕事が回ってくることはないだろうが。


夕刻。不穏な雲が空を分厚く覆い、また雪が降りそうな気配がしてくる。

ぐっと気温も下がってきて、風まで強くなってきた。

遠出をしている二木の心配をしているのが勝千代だけ、というのが少々解せない。

父は再び話し合いをするべく岡部殿のもとへ行っている。

前回より多めの護衛が部屋を取り囲み、その物々しさがなお一層状況の不穏さを告げていた。

昨夜までは、寝るときには小袴を脱いでいたが、今夜は着たままでと弥太郎に言われた。

室内の片隅に荷物がまとめられ、雪道用の分厚い草履まで用意されている。

荷物をひっつかんで草履を履けば、すぐにも出ていける。

誰も何も言わないし、普段通りのたわいのない会話をしているのだが、視界に常にある荷物の山が、切迫した状況を忘れることを許さなかった。


雲が分厚いのでわかりづらいが、まだ日が沈み切る刻限よりは早い気がする。

薄暗い部屋の隅でゴリゴリと薬を擦り潰していた弥太郎が、不意に動きを止めた。

それから十秒ほどの間を空けて、弓の射かたを身振り手振りで説明していた土井が、ぼんやりと篝火の揺れる屋外を見ていた南が、そろってびくりと庭先の方向に顔を向けた。

勝千代が気づいたのは、さらにそれからしばらくあと。

ど、ど、ど、と聞いたことのない音？　振動のようなものが座っている床から響いてくる。定期的に地面を揺らす、いや叩くような……。

「履き物を」

南が弥太郎に向かってそう言い置いて、細目に開けてあった襖を全開にした。

びゅうと冷たい風が吹き込み、勝千代はとっさに両腕を身体に回した。

雪が降りはじめていた。

そして、いつの間にか日の光も陰り、夜が近くなっていた。

普段通りの雪山が見える。篝火がぱちぱちと鳴り、雪が斜め方向に降っている。

庭先にいた男たちも、曲輪の外を注視していた。

彼らがいつの間にか頭に三角の傘をかぶり、物々しく槍を握り、胴丸や小手で身を固めているのがやけに目についた。

勝千代の背中にそっと掛けられたのは、一朗太少年からのおさがりの羽織だ。

それでも間に合わないほどに、急速に体温が奪われていく。

土井が目の前で草履を履き、ぎゅっと足首で結んだ。袴ごとだ。袴の裾で足を取られないようにというよりも、そこから雪が入ってこないようにするためだろう。

勝千代もまた足を出すようにと言われて、弥太郎に草履を履かせてもらった。普段はしない紐の結び方で、しっかりふくらはぎのほうまで締め上げていく。

支度を終え、土足のまま室内待機という、日本人にはなんとも落ち着かない時間がしばらく過ぎた。物々しい空気が、なお一層肌身に迫る。

ど、ど、ど……。

再びあの音が耳についた。大勢の命を奪った雪崩を思い出して、顔から血の気が引く。

「なんの音だ？」

「馬です」

率直に答えたのは土井だ。

馬？　馬の蹄の音だというのか？　こんな雪深い地で？

いぶかしむ勝千代の表情に気づいた土井は、土足のまま立ち上がり頷きを返してきた。

「それほど速度は出せませんが、人が歩くよりは早いです」

馬は貴重品で、育てるにも維持するにも金がかかる。雪山で足を折る危険を冒すようなことを、まともな武士ならしないはずだがという。

「……どの方角からだ？」

「信濃の国境方面です」

淡々とした口調で答えたのは弥太郎だ。

信濃？　やはりサンカ衆にこの城を襲わせたのは信濃衆だったのか？

「あちら方向に今川の砦が三つあります」

「砦？」

「主に、国境警備用です。真冬には人員は少ないですが、いないことはないはずです」

少数で国境を見張り、攻め入ってくる気配があれば、この城に伝え備えるのだという。

国境を守っているのは父の部隊ではないか？　淡い期待が頭をよぎる。

だが問題の砦はこの出城に紐づいたものであり、配備されているのは父の配下ではないそうだ。

では何故、今の今になって駆けつけてきたのだろう。

ようやく雪崩に気づいたから？　あるいは、城の誰かが救助要請を出した？

いや、雪崩からはもうそれなりの日数が経過している。今さら雪崩に気づいて駆けつけてくるなど、いかにも怪しい。

「殿もお気づきでしょう。すぐにご指示があるかと思います」

南の言葉に頷いて、勝千代は吹き込む寒風に耐えた。

それなりに暖まっていた室温が一気に下がり、もはや外気と変わらない。

いや、夕刻になり雪が降りはじめた外よりは、屋根がある分まだましなのだろう。

勝千代はがちがちと奥歯を鳴らしながら考えていた。

仮にその馬音が砦からの兵のものだったとして、「今の季節に地響きが聞こえるほどの数を用意しているものか」とか、「雪崩から幾日も経過しているのに今まで何をしていたのか」とか。

いかにも不穏なことしか考えられない。

やはり近隣の国人領主のひとりが駆けつけてきたのではないか。タイミング的に、二木が知らせてからではないだろう。もっと早くに、たとえば家老の下村などが救助を要請していたのではないか。

いや、下村なら父にその旨を伝えていたはずだ。奥方がそういう動きをしたとも思えない。

……やはり、どう考えても味方ではない気がした。


勝千代が立ち上がると、大人たちが一斉にこちらを見た。

そのほとんどが、余計な手間をかけないでくれと言いたげな表情だった。

確かに、子供の思いつきで動いていいような状況ではない。

もうじきに夜がくる。このぶんだと吹雪くだろう。曲輪を横切って移動することにすら危険を伴うような天候だ。

「若君」

宥めるような南の声に、ぐっと奥歯を食いしばる。寒さに震える唇は、息をするたびに凍り付きそうだ。

「父上と合流する」

「じきに戻られます」

「待っていては間に合わぬ気がする」

気がする、ではいかにもあやふやな言い方だった。もっと強く、急を要すると伝えるべきだった。だが根拠に甘く、勝千代自身、命令をすることに慣れていなかった。

「すぐですよ」

やんわりそう言って勝千代を部屋に戻そうとしたのは、篝火の前で雪に濡れはじめた男のひとりだ。副音声で、「じっとしていてくれ」と言われた気がした。

無理もないことなのだ。勝千代はこういう状況下ではお荷物以外の何物でもない。黙って大人の指示に従うべきなのだろう。

ど、ど、ど……雪を踏む馬の蹄の音がずっと聞こえている。

どこからの音だ。国境方面と一概に言っても、ここは本丸曲輪、援軍だろうが敵だろうが、通常であれば三の丸やもっと山の麓のほうが先に音を拾うはずだ。

そちらになんの動きもないのはおかしい。味方だとわかっているから驚いていないのだろうか。音が聞こえはじめてから十分ほど経った頃だと思う。篝火の側にいた男たちが、ひどく落ち着かない緊張した顔で山頂のほうを見た。

音はそちらから聞こえてくるのか？　山の上だぞ。そんなところから馬が来るのか？　おかしいだろう。

ふっと、その規則正しい音が途切れた。恐ろしいほどに唐突だった。

急にびゅうびゅうと寒風の吹きすさぶ音だけになり、表現しがたい恐怖で肝が縮む。

誰かが何かを言うまでもなく、父の腹心たちが周囲の様子を窺うべく四方へ散っていった。

彼らが遠くに行ったとは思えないが、部屋の前の人員が一気に数を減らしたので、途端に心もとなくなった。

夜の闇が迫っている。

今にも吹雪きそうな雪が、徐々に勢いを増しながら篝火の周囲を覆っていく。

ただ風の音だけが聞こえていた。

周囲の状況がまったくわからず、否応もなく不安が募っていく。

不意に、髭面の父の顔が脳裏によぎった。護衛の数は五人ほどだった。大丈夫だろうか。……いや、あの父の身を案じるより先に、自身の安全を考えなければ。

そう思った矢先だった。

弥太郎の背中がいつの間にか目の前にあった。

南の太い腕で強く突き飛ばされ、土井に抱え込まれて冷たい木の床を転がった。

ガツンと身体に衝撃が走った。

土井が全身でかばってくれたが、その衝撃が頭蓋を揺すって気が遠くなる。

朦朧とする意識の中、目の前に刺さった矢が燃えていることだけが強く印象に残った。

火矢だ。

木造の家屋とは絶望的に相性が悪い。油を含ませた布が巻かれた矢は、たちまち床板にその炎を移した。

一本ならまだしも、何本もの火矢が床に突き立っている。こちらの手勢では消すのは無理だ。

極寒の冬にもかかわらず、チリリと頬を焼く熱が全身を取り巻くのを感じた。

何もできないうちに、ぐらりと膝が崩れるのを感じ、同時にすべての感覚がシャットアウトした。


強く前後に揺らされて、はっと我に返った。

それほど長い時間失神していたわけではなさそうだ。

振り返ったとき、まだ火矢が飛び交っているさなかだった。

勝千代は庭先の目立たない場所に運ばれていて、先ほどまでいた部屋の床が舐めるように炎を広げているのを呆然と見つめた。

大変だ、消さなければと思う間もなく、追加の火矢が建屋全体に降り注ぐ。

土井が耳元で叫んでいる。鼓膜がキーンと鳴る。声が大きすぎて何を言っているのかわからない。

口の動きから「大丈夫ですか?」と問いかけられているのを察し、あやふやに頷いたが、ぼーっとして見えるのは襲われた衝撃ではなく土井の大声のせいだ。

さらに乱暴にぐらんぐらんと揺らされて、なおも大声で呼びかけられるので、たまりかねて両手で土井の胸ぐらを掴んだ。

「……大丈夫」

だからそんなに揺らすな。酔うだろう馬鹿。

至近距離にある土井の、露骨にほっとした表情を見て、心配をかけたのだと察したが、それとこれとは別だ。

こちらは繊細な幼児なんだぞ。もっと丁寧に扱え。

「三の丸へ向かいます。掴まっていてください」

それ以上の苦情を言う間もなく、ひょいと身体が浮いた。嫌だ、こいつの抱っこは揺れるのだ。弥太郎にチェンジだ。

三半規管の反乱を予期して弥太郎を目で探した。

だが見えたのは、視界を埋め尽くす横殴りの雪だけだった。一瞬にして、近距離にある建物も見えなくなるほど吹雪きはじめたのだ。

そこから先のことは、ただ「寒かった」としか覚えていない。

おそらく土井は本丸から三の丸へ向かうルートを取ったはずで、かなり急こう配だがそれほど遠いわけでもなかった。

距離があるわけではない。迷うほど複雑な道でもない。それなのに、やけに長くかかった気はしていた。

ただ寒くて、ひたすらに寒くて。風よけにするには心もとない土井にしがみつき、必死に耐える。

人間、凍死する寸前に寒さを感じなくなるというが、勝千代の頭の中はひたすら「寒い」しかなかった。

細めに開けた目には、吹雪きはじめた雪だけしか見えない。

夜の暗がりに舞うその白を、闇の色だと思ったのが記憶の最後。

勝千代は再び意識を手放した。

第九章　吹雪

ふと、名を呼ばれている気がした。

また土井かと顔をしかめてから、うっすらと瞼を開ける。

正直なところ、瞼を動かす余地があること自体に驚いた。死神の手にがっつり掴まれた記憶があったからだ。

瞬きしようとすると、ぱりぱりと音がした。まつげが凍り付いていたのだと気づいたのは、動かしにくい顔の筋肉に顔をしかめたあとだ。

顔の皮膚全体が痛い。そう思ったのが伝わったかのように、濡れた布巾がそっと頬に当てられた。

薄く開けた瞼の先、ほのかな明かりに照らされたのは、土井ではなく弥太郎の顔だった。

呼ばれているのに鼓膜がおかしくなって聞こえないのではなく、誰も喋っていないのだ。

洞窟？　洞穴？　よくわからないが、周囲は岩に囲まれた天井低めの空間だった。

オレンジ色の焚火の明かりに、やけに大勢の大人の影が揺れている。

しばらくは状況がさっぱりわからなかったが、弥太郎の背後に見えた数名の顔を把握して、ようやく頭が回りはじめた。

「一朗太殿」

大人たちに囲まれてひときわ目立つ細身の少年が、はっとしたようにこちらを向いた。

岩肌に身体をもたれかからせた男は下村だ。青白いが険しい顔で、勝千代がいるのとは反対側を睨んでいる。

「勝千代殿。よかった」

線の細い幼い少年の頬には、切り付けられたような傷があった。怪我をするようなことがあったのか、そう思ってようやく、城が再び襲撃を受けたことを思い出す。

首を巡らせたところに洞窟の入り口があり、その向こうは猛然と吹雪いているのが見えた。夜は明けているようだが、薄暗い。

火矢を射かけられた本丸はどうなっただろう。

雪崩のせいで、ほとんど城の縄張りも意味をなさない状態だった。つまり敵は、山越えをして直接本丸に攻め込んだのだろう。

騎馬で乗り込み、あれだけの矢を射るというのは、どう考えても武家のやり口だ。無頼者のサンカ衆では考えられない。

「……怪我を？」

勝千代の視線に気づき、一朗太少年は頬に手を当てた。治療された様子がないのは、その必要がないほどの浅手だからか。あるいはそんな余裕がないからか。

「たいした怪我ではありません。それよりも……」

彼が、母親を止められなかったことを詫びようとしているのはすぐにわかった。

勝千代はなんとか腕を動かして、その場で土下座でもしかねない一朗太少年を止めた。

「その話はあとにしましょう」

どう考えてもそんなことをしている場合ではないだろう。

一朗太少年はなおも何か言いたそうにしていたが、勝千代の意を汲んだ様子で頷いた。

洞窟内は異様な雰囲気に包まれていた。

真摯な謝罪を遮ったのも、その刺々しい気配を察知したからだ。

一朗太少年の視線が不自然に揺れ、洞窟の入り口のほうを見る。

勝千代もそちらを向いて、「ああ」と乾いた声を上げた。

洞窟の入り口脇で腕組みをして座っていて、複数名に刀を突きつけられても平然とした顔をしているのは……万事だ。

「サンカ衆ですね。どうしてここに?」

勝千代は当然彼のことなど知らぬふりをした。サンカ衆と裏でつながっているとか、思われてはかなわない。

万事も心得た様子で、勝千代には目もくれず、ひたすら大人相手に睨みを利かせている。

「吹き溜まりで動けなくなっていたところを助けられました」

「助けた? 一朗太殿をですか?」

勝千代は凍え切った身体をなんとか起こした。弥太郎はともかく、すかさず一朗太少年も手を貸してくれて、気の優しい少年なのだと改めて思う。

一朗太少年は、本丸にいた非戦闘員たちを引き連れて、三の丸まで避難しようとしていた。その途中、吹雪で道を見失い、下村ともども遭難しそうになったのだという。

吹き溜まりに足を取られ、そこでようやく道を外れたことに気づいた。

後方にいて無事だった者たちに、助けを呼んできてくれと頼んだまではよかったのだが、雪はさらに勢いを増し……万事が現れなければ危うかったそうだ。

勝千代自身がここに来たのも、似たような状況のようだ。土井が吹雪で進むべき方向を見失ったところで、万事に拾われた。

ちなみに弥太郎が洞窟を探し当てたのは自力だそうだ。


「もういいなら行く。雪が止めば、城までの道はすぐわかるだろう」

万事はそう言って、刀を突きつけている者たちをぎろりと睨んだ。

何故そんなに偉そうなんだ。這いつくばれとまでは言わないが、せめてもっと配慮した態度を取ったほうがいいんじゃないか。この時代、身分差は歴然としている。武士に逆らっていいことがあるとは思えない。

「……待て！」

案の定、吹雪の中に去ろうとした万事は数本の刀で動きを止められた。

額に筋を浮かべた岡部家の武士たちが、今にも切りかかってしまいそうだ。

「やめよ」

止めたのは家老の下村だった。顔色がひどく悪いのは、間違いなく負傷して血を多く失ったからだろう。だがその目には生気がある。

「なんのつもりか知らぬが、助けてくれたことには礼を言うておく」

万事はちらりと下村のほうを見てから、ろくな返事もせずそっぽを向いた。

かさ高い蓑をまとい、その内側には保温用だろうか、獣皮も見える。小袖とせいぜいその上に一枚羽織った程度の武士たちに比べ、ずいぶんと暖かそうだ。

いや、暖かそうなのは問題ではない。うらやましいが、そこは問題ではない。

万事はこれだけの吹雪が来ると察知して、身支度を整えていた。その上で雪山を単独で歩けるということは、やはり相当に山に慣れている。

「そのほう」

勝千代は、ひねり出した声がひどく掠れ、頼りないことに気づいて咳払いした。

「名はなんと申す」

万事はどう見ても喧嘩腰な視線でこちらを見て、髭面の向こう側で顔をしかめた。

「……万事だ」

「では万事。助けが欲しいと言えば手を貸す気はあるか」

勝千代以外の誰もが、正確には弥太郎を除くすべての者が、正気を疑うような顔をした。

一朗太少年ですら、勝千代の腕を握る手に力を籠める。

万事は鼻頭にしわを寄せ、これが演技ならやり手だが、きっと本心なのだろう胡乱さで鼻を鳴らした。

「……ただ働きはせん」

「岡部の城をたびたび襲った借りを返すつもりはないと?」

「金を払う者がいれば、仕事はする」

微妙な言い回しだ。

だが、そこに含まれる意味に気づいた者はいた。

「銭か」

下村の底冷えのするような声を浴びても、万事はふてぶてしくかぶりを振り、一向に堪えた風はない。むしろひどく動揺したのは一朗太少年のほうだ。

「では、城を襲ったのも……」

「襲うたびに米俵四つという約束だった」

万事はまったく悪びれず、青ざめた顔をしている伯父甥を見返した。

「飢えて冬を越せない仲間が大勢いるんだ」

「サンカ衆も大勢雪崩に埋もれたぞ」

下村の指摘に肩をすくめ、「それも天命」と淡々と話す。

「生き残った奴らをまとめて引き上げるつもりでいる。人助けは道すがらの気まぐれだ」

ああ、これは勝千代の申し出への返答だな。

「では、我らがそのほうを雇おう」

「若君!」

制してきたのは土井だ。勝千代を危うく遭難させそうになり、万事に助けられた負い目はあれども、それとこれとは話が違うと声を張る。

土井は万事への申し出を知っているから、このことを岡部の者たちに悟られるわけにはいかないという思いもあったのかもしれない。

だが大丈夫。勝千代は真面目な顔で言葉を続けた。

「本丸を襲った騎馬隊が、どれぐらいの数いて、どの道をたどってきたのか知りたい」

洞窟に反響する幼い声に、一朗太少年が鋭く息を飲んだ。

外は吹雪で、強い風が吹きすさぶ音がする。天井の低い洞窟には焚火がたかれ、ぱちぱちと小枝が燃える音がする。

それらをすべてひっくるめて、その場に広がるのは沈黙だった。

「火矢を射てきた者たちは、おそらく本丸を取っただろう。だが奴らもこの雪で動けぬはずだ。吹雪いている間に態勢を整え、奪い返したい」

天井は低いが奥行きのある洞窟に、幼い童子の声が響く。

その声には強めのリバーブがかかっていて、喋り終わっても「うわんうわん」と余韻を残した。

「……兵の数を調べてくればいいのか?」

ややあって、そう問い返してきたのは万事だ。

勝千代は、微妙なやまびこ現象を気恥ずかしく感じながら、こっくりと首を上下させた。

「奴らは山から襲ってきたように思う。本丸に直接討ち込む道をあらかじめ作っていたのかもしれぬ」

騎馬でも使える秘密の通路なんてものが、空想上ではなく実在するものなのかはわからない。もしその道を岡部殿や下村が知らないのであれば、この襲撃は相当前から念入りに計画されていた証拠にもなるだろう。

「この雪だ、蹄の跡も消えている。抜け道を見つけることができるかわからん」

万事の言い分はもっともだが、春になるまで待つというわけにもいかない。

連中がどこから本丸にたどり着いたのかは、けっこう重要な問題だ。吹雪が止んだあと、大軍に囲まれていたなど御免こうむりたい。

「枝が折れているとか、馬の毛が藪に引っかかっているとか、調べる手立てはないのか？」

あるいは、それほどの工事を山の民が気づかぬわけがない。ひそかに行われていたその作業のことを、本当は知っているのではないか？

勝千代の副音声入りの問いかけを、万事は正確に読み取ったようだった。

「……」

万事は読み取れない表情で勝千代をじっと見続けた。

それは、岡部の武士たちも、土井も弥太郎も同様だった。

「……いいだろう。道を見つけてやる。その道を通れなくすればいいのか？」

その答えに、はっと身じろいだのは下村だ。「隠し路など……」そう言いかけて、何かを思い出したように黙った。

「殿が、そのような話をしておりました。ですが費えのこともありますし、しばらくは無理だとも」

「それは本丸へ続く道か？」

勝千代の問いかけに、下村はあやふやな表情で頷いた。まだ計画以前で、詳しいことは決まっていなかったのか、あるいは他家の者に知られるわけにはいかないと思ったのか。

「おおよそでよい、どこから入ってどこへ抜ける道だった？」

細い子供の声が洞窟内に響く。誰もが口を挟むことなく、その問いに下村が遠い記憶を探す様子をじっと見守る。

パチリ、と焚火がはぜる音がした。弥太郎が炎を調整するべく木の棒でつついたのだ。

手慣れた動作で細い木を折り、ポイポイと放り込むと、やがて炎が大きくなった。

薄暗かった洞窟内に火の粉が散り、明るさと同時にぬくもりも増す。


下村と万事が、互いに知っていることを渋々という感じで話し合い、万事は道を消してくると気軽に請け負った。

なんでも、これだけ吹雪いていれば、山に慣れていても道を見誤ることはよくあるらしい。

つまりは、道そのものをなくすのではなく、見失うよう細工すると言っているのだ。

「仲間の数がだいぶん減った。これ以上危ういことはしたくない。本丸の兵の数を数え、抜け道をわからなくしてやる。できるのはそれだけだ」

そう言って、ふてぶてしく勝千代に向かって手を差し出してくる。

握手を求められているのではもちろんない。

勝千代はその手を見返して、至極無邪気にニコリと微笑んだ。

「あいにくと持ち合わせはない」

可愛い幼児の可愛い笑顔にもまったくほだされることなく、万事は露骨なまでに渋く顔をしかめる。

「ただ働きはしねぇ」

「うまく事が済めば、接収した馬と連中の武具をやろう」

「そんなものをもらっても、冬を越せないと飢えて死ぬ」

「馬一頭でも、うまく売れば米俵四つよりいい値が付くぞ」

勝千代の追撃はきちんと決まってくれたようで、万事は迷い、口ごもった。

吹雪の中に躊躇いなく踏み出していった万事は、それほど時間をかけずに戻ってきた。

体感的には一時間と少し。

勝千代は焚火のぬくもりにうとうとしかけていたので、実際はもう少しかかったのかもしれない。

気配が刺々しくなった気がして目を覚まし、先ほどより吹き込む雪の量がひどくなっている洞窟の入り口に目を凝らす。

警戒し身構える大人たちを尻目に、勝千代の隣では一朗太少年もこっくりこっくりと舟をこいでいた。

「……若君！」

寝起きで頭が回らず、ぼーっとしていた勝千代だが、泣きそうなその声にはっとした。

「南！　無事だったか！」

そう言って立ち上がったのは土井だ。

逆光になっていてよく見えないが、万事は南を連れてきてくれたらしい。

長身の南は、洞窟の壁に大きな影を作りながら近づいてきて、焚火の横でがばっと両膝をついた。

羽織っていた蓑からバサリと大量の雪が落ち、じゅじゅじゅじゅと焚火が音を立てる。

「申し訳ございませぬ！」

ゴン！

土下座をして、額をぶつける物凄く痛そうな音がした。

「若君のお側を離れ、あろうことか御指示に従わず、このようなことにっ」

いや、ここ洞窟だから。そんなに勢いよく岩に頭をぶつけたら痛いだろう。

やめさせようと手を伸ばしたところで、土井までもがそれに倣って両膝をついた。

ふたりして再びゴン！　……勘弁してくれ。

一朗太少年もさすがに目を覚まし、何事かと言いたそうな顔でこちらを見ている。

「もうよい」

土下座ゴンゴンをやめさせるより、謝罪を受け入れるほうが早く済みそうだ。

勝千代が手を振りながらそう言うと、ふたりはおずおずと顔を上げた。……その上目遣いの涙目に、げんなりしながらため息をつく。

確かにあのとき、父と合流しようとは言ったが、正直タイミング的には微妙だったと思う。すぐに動いていたとしても、吹雪や火矢での襲撃に対処できたか怪しい。

こういう状況になっているのは結果論であり、彼らの行動のほうが正しい可能性も大いにあった。

「その話はもうよい。それよりも南。本丸はどうなっている。父とは会えたか」

顔を上げた南は、気のせいでなければ額に擦り傷を作っていた。

真っ先に目が行くその部分から視線を逸らせずにいるうちに、南は冷静さを取り戻してくれた。

「はい」と低い声でつぶやき、大きく首を上下させる。

「本丸にいる兵の数はおよそ五十。吹雪がひどく足止めされていますが、見たところ増援待ちでしょう」

五十……微妙な数だ。先鋒だとしても数が少ない。やはり続いて増援、あるいは本部隊そのものが控えていると考えるほうがいいだろう。

「どこの兵か」

「わかりませぬ。ですが装備は整っており、浪人や野盗の類いではないでしょう」

「父上にこのことは」

「お伝えしました。とにもかくにも、若君のことを御心配されて……」

「お勝ぅ！」と呼ぶ父の声が聞こえた気がした。もちろん空耳だろうが、実際にどこかで叫んでいるのかもしれない。

また心配させてしまった。だが勝千代とて父のことが心配だ。

「父上はなんと申されていた？」

「二木が戻るまで二日だそうです」

二木か。もちろん忘れていたわけではない。

あの男は三人の国人領主に父からの救助要請を届けに行ったのだ。

雪崩という（一応は）自然災害で城が壊滅的な痛手を負い、国境を守るに不安と書き記した。

今川の出城からの要請に、真っ向から否と答えることはできないだろう。

つまりは、二日後には援軍が来てくれる可能性が高い。

勝千代は、びゅうびゅうと強い風の音を響かせている洞窟の外に目を向けた。

吹雪が長引けば、敵も襲ってこないかもしれないが、味方の増援も遅れるだろう。

つまりはやはり、本丸にいる五十人を独力で排除しなければならない。

勝千代は、弥太郎が焚火をつついていた木の棒を握った。

子供の手には長すぎるが、先が炭化しているので、地面に擦りながら動かすと黒い線がついた。

「本丸曲輪の、残っている建物をおおまかに描いてくれ」

最初は自分で描こうかと思っていたが、幼児というのは非力なものだ。大人だと少し長めの杖程度の長さだが、勝千代には長すぎて扱いづらい。

誰もが不審そうな表情をしていたが、弥太郎が無言で棒を受け取った。

焚火の大きめの炎が揺れ、岩壁に陰影を作っている。その上に、いくつかの四角が描かれ、最後にさっとそれを歪な形の丸で囲った。

簡単にもほどがある略図だが、それで十分だ。

勝千代が一か所を指さし「ここが倉庫か?」と問うと、「おお」と感心したような声が上がる。

何に驚いたのかわからずそちらを見ると、一番驚いた顔をしているのが一朗太少年で、身を乗り出して壁の図を見つめている。

「どこが木戸ですか?　三の丸への通路は……」

勝千代は無言のまま、素手で壁を擦った。輪になっていた部分の一部が若干薄くなる。

「ああそうですね。なるほど」

「万事、隠し通路は見つけたのか?」

はた目には子供がふたり、壁に落書きをしている無邪気な図だったに違いない。

万事は一瞬黙り、何かを振り払うように首を振った。

「……ああ。上のほうの、少しへこんだあたりに続いている」

弥太郎が描いた丸い囲いが歪なのは、曲輪の外周がそういう形だからだ。

勝千代は頷いて、かつて望楼が建っていた真後ろあたりの囲いも消した。

「このあたりは雪で埋もれているのではないか?」

「小さな谷がある」

しかし見張りの多い望楼の真下など、普通なら侵入経路には選ばないだろう。たまたま雪崩で潰れていたからそこから入ったのか?　たまたま雪崩が……そこまで考えたところで、二木が見つけてきた雪崩の発生現場らしき山頂のことを思い出した。

そうか、望楼がなくなることをあらかじめ知っていたのかもしれない。

ますます、人の手で雪崩を発生させる技術があるのではと思えてきた。

「連中はどこにいる？　五十の人馬が雪を凌げる建屋はないだろう」

「人は火が回らなかった厨と倉に、馬は……ここだ」

気を取り直して尋ねると、万事はその、埋もれたはずの望楼の位置を指さした。

この城で最も背が高い、本丸の主要な建物だった望楼は、雪崩の一撃で倒壊した。その瞬間の情景が、今なお映像のようにはっきり脳裏に残っている。

「あのあたりに無事な建物があったのか？　まさか馬を野ざらしにしているわけではないだろう」

「いえ」

訝しむ勝千代に、答えたのは下村だった。

潰れた建屋の下から怪我人を救い出し、しばらく作業もできるように、倒壊を免れた建物をいくつか掘り出し、修繕したのだそうだ。そのうちの一つが望楼跡地の近くにある。弥太郎が描いた小さな四角は望楼ではなくそれか。

「……倉庫まで遠いですね」

勝千代のつぶやきに、皆が考え込むような顔で本丸曲輪の略図を見つめる。

「すぐに撤退できるようにでしょうか」

「あるいは、増援が来たときに合流しやすくするためかも」

勝千代は、薄暗い洞窟の中で少年と視線を交わした。

なんとはなしにじっとその目の奥を見て、冷静に思いを巡らせているその様子に、父があんな形で倒れ、母との意見の衝突に惑い、十歳をいくらか超えた程度の年でよく耐えていると感心した。

「勝千代殿」

しっかりとしたその目の色に頼もしさすら感じながら、勝千代は「はい」と返事した。

「……私にもできるでしょうか」

そう問いつつ、少年の心の中がすでに固まっているのがわかった。

勝千代はしばらくその表情をじっと見つめ、「ええ、必ず」と頷いた。

一朗太少年の瞳が焚火の炎を照り返して潤む。

「この城を、敵の手に渡すわけにはいきません。まずは本丸から敵を追い出します」

その声は小さく、余人には心もとなく聞こえたかもしれない。

だが岡部家の者たちの心には強く響いたようで、「応！」と物々しい掛け声が一斉に返ってきた。

一朗太少年が驚いたように顔を上げる。

皆を見回し、ぎゅっと唇を噛みしめて。一瞬だけへにょりと困ったような表情を浮かべ。

「不甲斐ない主《あるじ》ですまぬ」

細いがはっきりとした声でそう言って、目尻に滲んだ涙をぐっと拭った。

「どうか、力をお貸しください」

まっすぐ勝千代に向き直り、深々と頭を下げる。

一朗太少年の言う通り、真っ先に考えるべきなのは本丸の奪回だ。

勝千代が考えた原案を、皆でああでもないこうでもないと話し合う。

時間をかけるわけにはいかないというのは皆の共通の認識だったので、忌憚《きたん》のない意見が飛び交い、サクサクと話はまとまった。

いい年をした大人たちが、たかが数え六つの童子の意見など聞き入れたくはなかったはずだ。

だが大きなトラブルに至らなかったのは、一朗太少年と家老の下村がそれを積極的に受け容れていたからだ。勝千代の背後に、父の存在があったのも大きいだろう。

ともあれ、方向性は固まった。

皆が決意の表情で、運ばれてきた蓑を身にまとい吹雪の中を行く準備をしている。

まずは敵の馬を奪う。次いで火矢の油を奪う。

念入りな計画を立ててしまえば、五十人という数はたいした敵ではない。

勝千代？　……もちろん洞窟でお留守番だ。吹雪の中に出たら一秒で飛ばされそうな四歳児に何ができると？

作戦決行の前に、一朗太少年が三の丸に移るので、同時に移動してもよかったのだが、あそこには岡部の奥方がいる。これから多くが出払う状況で、勝千代の身の安全に多くのリソースを裂くわけにもいかないので、触らぬ神に祟りなしではないが、近づかないことにしたのだ。

洞窟に残るのは、土井と弥太郎だ。

土井には父のもとへ行ってほしかったのだが、忍びとふたりきりという状況を渋られた。

まったく問題はないと言っても聞かなかった。

弥太郎本人の前だし、ほかの者もいるので深くは追及しなかったが、身分的なものか、立場的なものがあるのだろう。

「それでは、行ってまいります」

そう言って、蓑を羽織った一朗太少年が頭を下げる。

相変わらず顔色の悪い下村も、配下の者に肩を貸してもらいながら、なんとか戻るようだ。

「御武運を」

幼い童子のその言葉に、洞窟入り口で皆が足を止めた。

振り返って、まるで眩しいものを見るかのように、焚火の前に座る勝千代を見て。

一朗太少年だけではなく、そのほかの大人たちも深く腰を折って頭を下げた。


びゅうびゅうと強い風の音がする。

洞窟内の人間の数が減ると、途端に温度が下がった。

吹き込む雪は大粒で、小さな入り口を真っ白に染めながらますます降り積もっていく。

時折混じる甲高い笛のような音。木々を揺らすバキバキという音。

人間の気配が減るだけで、たちまちその場は極寒の真冬の様相を強めた。

勝千代が思わず腕をさすると、弥太郎は無言のまま焚き木をくべた。

もともとこの洞窟はサンカ衆が避難用に使っていたものらしく、奥のほうにはある程度の物資が用意されていた。物資といっても、火口や枯れ枝、筵《むしろ》程度のものだが。

それでも足りない分は南が城から運んできてくれている。なんなら握り飯まで用意してくれた。

飯を勧められたがそんな気分になれず、かぶりを振って黙っていると、ふと洞窟の入り口に影が差した。

土井がはっとして刀の柄に手を掛ける。

勝千代はそれを片手で制し、入ってきた者に声をかけた。

「万事」

皆を三の丸に送り届けてから戻ってきてくれたのだろう。

それとない合図をわかってくれてよかった。

吹き込む雪と一緒に近づいてきたサンカ衆の男は、遠慮もなく焚火の側に寄り、ドガッと勢いよく腰を下ろした。

「……それで?」

「口を慎め！」

あまりにも無作法なその仕草に唖然としていた土井が、カッと耳まで赤くして声を荒らげた。

現代人としての感覚でも、行儀のよい男とはいえない。だが今はそんな話をしたいわけではない。

なおも怒鳴りつけようとした土井の袖をぐいと引いて止めた。

「抜け道のこと、知っていたな?」

勝千代の問いかけに万事はひょいと眉を上げ、じっとこちらを見てから口を開いた。

「だから?」

「本丸にいる連中が何者なのかも知っているのではないか」

鋭く息を飲んだのは土井だ。

万事は変わらず勝千代に視線を据えたまま、用心深く目を細めている。

「……知っていたとして、何故教えねばならん」

「雪崩を起こした者とつながっているかもしれないと言うてもか?」

めらり、と万事の黒々とした双眸《そうぼう》に炎が舞った。

殺意すら混じったその激情に、土井はとっさに勝千代の前に腕を差し出し、弥太郎ですらピクリと反応した。

「……どういうことだ」

万事の詰問に、今度は逆に勝千代が口を閉ざした。

万事はだんまりを決め込んだ童子を捻り殺しかねない目で睨んでいたが、やがて諦めたように息を吐いた。

「わかった。だが俺が知っているのは、この抜け道につながっている、山の反対側の道のことだ」

「つまり?」

「……天野だ」

勝千代にはなんのことかわからなかったが、それを聞いた土井の顔から血の気が引いた。

口を挟みたそうにするのを制し、詳しく聞いたところによると、天野家は北遠（このあたりをそう呼ぶと初めて知った）で最も勢力を有している一門で、ありがちなことだが御家騒動が非常に活発なのだそうだ。

「抜け道は、分家のほうが本家に黙って作っていた。いつか攻め込むつもりだろうと噂になっていた」

だが蓋を開けてみれば、問題の道は岡部の城まで続いていて、今攻め込んできているのも天野分家じゃないかという。

「それは憶測か、自信を持って言えることか」

そもそも天野は今川に臣従しているはずだ。何故、主家の出城を襲うのだ。

「見たまま、聞いたままのことだ」

万事は、予断は挟んでいないという。

だが、福島家の家紋付きの薬籠をあちこちに落としていく手口からもわかる通り、策謀搦手を好んで用いる奴らだ。もっと詳しいことを調べてからでないと、はっきりしたことは言えない。

勝千代は燃え盛る炎のような万事の目を見つめ返し、静かに口を開いた。

「天野の本家が来る」

実は二木が出向いていった三家のうちの一つが天野だ。十中八九、本家が出向いてくる。

もし彼らこそが今回の件の主犯なら、喜び勇んで大量の兵を送り込んでくるだろう。

そうではなく、天野が今川に離反するつもりでないなら、本家は分家の不始末を許さないはずだ。

考えられる筋書きはこの二通りだと思うが……まったく先のことが読めなかった。

勝千代は壁に描かれた本丸の略図を見上げ、「合流されるのは分が悪い」とつぶやく。

それは、本丸にいる弓騎兵のことであり、おそらく今隠し道を見つけられずにいる連中のことでもあり、二木が連れてくる天野家の兵らのことでもあった。


物事を望む結末から逆算して考えるのは、経験上、最も効率がよい。

そして勝千代が望む結末とは、この城の保全。つまりは天野兵を近寄らせないことだ。

二木頼みで、救援の兵が味方に違いないとは思ってはいけない。

つまりは、吹雪が止んだあとでも、弓騎兵の本体がこの城に近づけない状況を作り上げなければならない。

「本丸は父上が取り戻すだろう」

視線が、何も描かれていない空白の壁面へ移る。

「……吹雪の中を、城にたどり着けないよう迷わせることはできないか」

現状は道を塞いで、わからなくしているだけだ。それで諦めてくれるならいいのだが、雪が止んだらすぐにも道を探し城を目指してくるだろう。そうなる前に「消えてもらう」のが最も望ましい……そこまで考えたところで、顔をしかめた。

これはゲームではない、リアルだ。駒のひとつひとつに実際の人間がいる。何十人何百人と。

今、勝千代が考えたのは、つまりはその何十人何百人の命を消すことだ。

人の命を奪う指示を安易に出したことに、今頃になって震えがきた。

だが同時に、射かけられた火矢を思い出す。

潰れた建物と、凍傷で苦しむ者たちを思い出す。

身を守らねば、殺される。殺されないためには、戦わなければならない。

だが戦いは、敵だけではなく味方の命も消費していくものだ。

結論、いかに効率よく敵を潰すかが勝負になってくる。

ぎゅっと目を閉じ、がちがちと鳴りそうになる奥歯を噛みしめた。

ああ、どうして己は武家の嫡男に乗り移ったのだろう。

商人がよかった。農民でもよかった。武士でなければ、こんな思いはしなかったはずだ。

……いや、生きるに厳しいこの時代。たとえどんな身分であろうとも、生きあがくことは厳しい戦いだ。

自身の身を守るだけなら、何もせずじっとしていればいい。

だが、なんの因果か、それ以外の命をもテーブルの上に載せる立場になってしまった。

ひとりでも多くを生き長らえさせることが、今考えなければならないすべてだ。

勝千代は閉じていた目を開け、こちらを注視している万事と視線を合わせた。

きっとひどい顔色だろう。内心の怯えを悟られなくとも、具合が悪いようには見えるはずだ。

だが万事は「大丈夫か」とは聞いてこなかった。土井や弥太郎も同様だった。

息を吸って静かに吐く。腹の底に力を籠める。

「足止めをしただけなら、吹雪が止めば城を目指してくるだろう。その前に……」

「簡単に言うじゃねぇか」

万事は険しい表情をしたが、できないとは言わなかった。

サンカ衆の数が減っているから、危うい真似はしたくないと言ってはいたが、真正面から敵にぶつかるわけではない。ただ道を塞ぐだけよりはリスクは高くなるが、これはおそらく、山の民には最もやりやすい戦い方のはずだ。

「だが……おもしろい」

ややあって万事はつぶやいた。

壁面を見て何かを考えついた風ではなく、ずっと勝千代の顔を見ていた。

「吹雪いているさなかなら、迷わせるのは難しくねぇ」

山に慣れていなければ、遭難を恐れて動かずにいるものだ。現に万事らが所在を把握している本隊も、道を見失った段階で動きを止めたそうだ。

「山犬か熊でもけしかけりゃ、嫌でも逃げ出すだろうさ」

熊。冬だから冬眠しているのではないか。

そう思ったのだが、どうやら毎年眠りが浅い奴らがいるらしく、山の民はその縄張りには近づかないようにしているのだとか。

想像してみて、ぞっと身震いした。

吹雪いて前後左右まったくわからない状況下、いきなり熊が襲ってきたら……確かに逃げる。

「大人の全身がすっぽり埋まる吹き溜まりがいくつもある。谷のほうに逃げれば、吹きおろしの風で斜面を上がるのも難しくなる」

つまりは、整備された抜け道をはずれてしまえば、命にかかわるということだ。

万事はバチンと両手を叩いた。

焚火越しにぎらつく双眸が勝千代を見据え、その顔が不遜に歪んだ。

「いいだろう……俺の命を懸けてやる」

そうだ。命を盤面に載せるのは勝千代ではない。

ぎゅっと肝が縮むような怯えが再び這い上がってきたが、かろうじて面には出さず飲み込んだ。

万事はそんな勝千代を見てどう思ったのか、やおら立ち上がって洞窟の出口に向かい、最後に上半身だけで振り返った。

「その代わり、ガキはもっと温かくしてろ」と、土井が気色ばむほど気易くそう言って……笑った。

唇を歪めたのは一瞬で、すぐに吹雪に向き直り出ていってしまったが、その笑みはずっと脳裏に残り続けた。

「なんですか、あの無礼な男は！」

土井がぷりぷりと怒っているが、勝千代は凍り付いたように万事が消えた洞窟の入り口を見ていた。最後に何故笑った。まるで巨大なフラグのようじゃないか。

弥太郎に頼んで、万事を追ってもらうことにした。

忍びだろうが武士だろうが山の民だろうが、吹雪の中というリスクは同じだ。やはりひとりで行かせるのは心配だ。

そして残された勝千代ができるのは、待つことだけになった。

それしかできないことが、心苦しかった。


状況の推移など一切入ってこない、長い長い待ち時間が続いた。

外は相変わらずの吹雪。時間の経過は、外の明るさで判断するしかない。

雲の動きをリアルタイムで見ることができて、三十分後の雨の量まで把握できる時代を知る者からしてみれば、「何もわからない」という状況はものすごく苦痛だった。

それこそ、冬眠しそこねた熊のように歩き回りたくて仕方がない。

だが寒い。焚火に当たっていない身体の部位が凍り付きそうだ。

もちろん横になって休めるような状況ではなく、握り飯も喉を通らない。

酒が飲みたい。いや駄目だ、この身体は四歳児だ。

しまいには思考も脈略のないものになってしまったので、やむを得ず目を閉じた。

横にはならない。眠れそうにないし、そういう状況でもないし、悪夢しか見ないとわかっていたからだ。

どれぐらい経っただろう。

耳を澄ましても、聞こえるのは強い風の音だけだ。

時折混じる笛の音のような高音に、ぞっとするような想像を掻き立てられる。

今の状況のすべて、勝千代という子供になっていることを含めた何もかもが、ひどい夢の中だという妄想だ。ここは本当は黄泉の国で、生きている者などひとりもいないのではないか。

目を開けるたびに、焚火を切らさないようつついている土井を見つける。

ひとりでも待てると思っていたが、一緒にいてくれてよかった。

さもなくば、寒さより先に気持ちが参っていたかもしれない。


ふと、風の音が弱まっているような気がした。

風量というのは一定ではなく、風向きによっては聞こえる音も違う。そうわかっていても、吹雪が止んだのかもしれないと危惧した。

まだ早い。本丸の五十人はともかくとして、万事が向かっている本隊のほうは時間がかかるだろう。まだ吹雪が止んでもらっては困る。

入り口のほうに目を凝らすと、外がずいぶんと暗くなっていることに気づいた。

時間の正確なところはわからないが、夕刻だろうか。

真っ暗になるのも困る。吹雪はともかくとして、暗闇で行動するのは常人には無理だ。この時代、夜になると本当に暗いのだ。

次第に闇色に染まっていく外を見据えながら、まんじりともせず待った。

やがて夜が訪れる。幸いにも吹雪はまだ収まらない。若干勢いが弱まった気がするから、朝には止むのかもしれない。

そうやって夜を過ごした。長い長い夜だった。あまりにも長すぎて、自身の精神が正常なのか何度も疑ってしまうほどに。

永遠に夜は明けないのではないか、そう思いはじめてからかなり経つ。

次第に風が弱くなっていくが、雪は降り続いている。まだ外は暗い。


さっと土井が顔を上げた。

入り口に向かって突き付けたのが、刀ではなく焚火をつつく棒だったところを見ると、この男も多少は参っていたのかもしれない。慌てて刀を握り直し、用心深く身構えている。

勝千代はむしろ、ようやく状況が動きはじめたことに安堵していた。

いや、外から聞こえた足音の主が何者かにもよる。

入り口を大きな影が塞いだ。

まだ夜明けも遠いので、塞いだとしても暗くなるわけではない。

だが、やけに大きな何かが入り口を覆い、こちらを覗き込んだのがわかった。

脳裏によぎったのは、万事が言っていた「眠りが浅い熊」だ。不機嫌で、常に周囲に怒っているという。腹を減らして気が立っているので、人間にも平気で食いつくと……えっ、本当に熊？

勝千代は思わず腰を浮かせた。

「お勝！」

物理的音波攻撃が、鼓膜を強打した。

ぐらりと眩暈を覚え、浮かせかけていた尻を筵の上に落とす。

「お勝！　お勝！　無事かっ」

熊ではなかった。父だった。


夜が明けた。洞窟の外が明るくなるまで待って、城に戻ることになった。

状況の大まかなことは聞いたが、父の膝の上で半分眠っていたので、「勝利した。無事押し返した」という部分しかまともに聞いていなかった。

あまりの安堵に、一気に身体から力が抜けた。眠気に抗うことができず、移動するときまでしっかり眠ってしまった。

目を開けるとすでに父の腕に抱えられて外にいた。

まだ雪がちらついているが、吹雪は完全に止んでいる。

真っ白な雪が雲越しの日差しを照り返し、やけにキラキラと明るい朝だった。

ざわざわと大勢の人間の声が聞こえてきた。

目をしばたたかせながら見下ろした先には本丸。大勢が動き回り、瓦礫やその他諸々の片づけを始めている。三百？　五百人はいるのではないか。

岡部の城にそれほどの人数がいただろうか。

「天野軍だ」

父の言葉に、ギクリと身体が緊張した。

宥めるように背中を撫でられ、「だいじない」と頷かれ、どうやら勝千代が想像していた中ではまともな部類の結末にたどり着いたのだと察した。

天野といっても、本家のほうだ。天野本家は純粋に救援のために来てくれたそうだ。

小声で「襲撃してきた者たちは誰かわからないということにしている」と告げられた。

万事はうまく連中を始末していた。どうやったのか詳しくは聞いていないが、結論、冬山は本当に怖いということだ。

生き残った者が皆無という容赦ない結末を聞いて、勝千代は血の気が引く思いがしたが、父はまったく意に介していなかった。それよりも、分家とはいえ国人衆が今川の出城を襲撃してきたことのほうを深刻にとらえていた。

父の中で、その者たちが天野分家という筋は固まっているようだ。何故こんなことをしたのかについては、何か知っている風だったが、聞き出せなかった。

根掘り葉掘り聞く前に、本丸にたどり着いてしまったからだ。

「殿」

父が歩けば視線が集まり、福島家の者たちが駆け寄ってくる。

聞き覚えのある声に首を巡らせると、ずいぶん久しぶりに会う気がする二木がいた。

父に丁寧な礼をしてから、勝千代をちらりと見て、鼻頭にしわを寄せたところを見ると、ずいぶんお冠のようだ。

土井がこっそり「出番がなくて拗ねているんですよ」と教えてくれた。

拗ねる？　何歳だよ。

実際、二木はかなり頑張ってくれた。父が予想していた二日後どころか、一日でこれだけの兵を連れてきてくれたのだから。

ほかにも二つ回り、その両家からも協力をこぎつけてきた。今日の遅くには到着するそうだ。

どういう意味で出番がなかったと考えているのか理解できず、呆れた目で見下ろすと、腹立たしげに鼻を鳴らされた。

父はまったく気にしていないし、土井は苦笑するだけだ。

そんな二木の背後に、見覚えのない長身の青年がいた。ずいぶんと所在なげな表情で、やけにきょろきょろと周りを見回している。

じっと見ていると目を逸らされた。違和感は不審に至る前に霧散した。この男……万事だ。

「驚いた」

「えっ、万事？」

勝千代がそう言い、土井も大仰に仰け反って驚く。

自身も居心地が悪いのだろう、万事は周囲に聞こえないほどの小声で、もそもそと文句を言った。

「……うっせぇよ」

「言葉遣い！」

即座にぴしりと注意するのは二木だ。

万事は誰から借りてきたのか渋い色味の肩衣袴を身にまとい、あの特徴的だった髭をきれいに落としていた。

髪もなんとか結いました！　という感じだが武士らしく元結を使って束ねている。

そして想像通り若かった。二十歳は超えているだろうが、まだ若干の少年っぽさが顔立ちに残っている。

「仕方がないから連れてはいくが、絶対に人前では口を開かないこと！」

二木の小姑のようなガミガミ具合に、言っている当の本人以外は皆うんざりした顔をしている。

万事は、勝千代がきちんと約定を果たすまで同行するそうだ。

サンカ衆が他国へ移動するのは春を待つこと、換金する荷は先に譲渡すること……などなど、色々と注文を付けてきたが、要は口約束が果たされるまで離れません、ということのようだ。

「怪しい動きをしたら、すぐにその首を刎ねてやるからな！」

「はいはいはい。わかってるって」

「なんだその返事はっ」

万事はもはや聞く気もないという風に両手で耳を塞いだ。二木が真っ赤になって怒鳴るが、どこ吹く風。素晴らしいマイペース具合だ。

「……はぁ、耳が馬鹿になりそう」

「若っ!!」

キーンと鼓膜に突き刺さる声で二木が怒鳴る。勝千代は万事に倣って両手で耳を塞いだ。

その日からさらに数日。

マンパワーとは素晴らしいものだ。あれだけ遅々として進まなかった瓦礫の撤去が、あっという間に終わった。

大量の雪がいまだ城内を覆いつくしているのは仕方がない。今なお隔日以上で大雪が降るからだ。完全にこの雪をなくすには、春を待つ必要があるのだろう。

勝千代は、一朗太少年から借りた若草色の直垂を着て、厚手の羽織と、さらにその上から蓑を羽織っていた。

それでもかなり寒いが、これ以上着込むと動けなくなる。

「しらねぇよ！」

「黙れ愚民！」

「ぐみんってなんだよ！」

朝からずっと、万事と二木の、一から十までそりが合わない会話を聞かされ続け、早くも疲れてきた。

二木の万事への当たりが強すぎる件だが、それは万事に限った話ではなく、父以外の全方向に対して塩対応なのだ。

特に万事に厳しい気がするのは、いちいち反応を返すからだろう。

渡り廊下の向こうから、珍しくきちんと直垂を着込んだ父が歩いてくる。

この時代、身分が高いほど明るい色の直垂率が高く、下級武士になるほど地味色の肩衣袴だ。装束の過渡期にあるのだと思う。

「あ、父上」

これだけで、二木の小言がピタリと止まるのが面白い。

「挨拶は済ませた。日が昇り切る前に出るぞ」

きちんとした直垂姿なのに、烏帽子をかぶらず、相変わらずの総髪。

この時代、身分はまず服装と頭を見て判断される。周囲が混乱しそうな父の身なりを、誰も注意しようとしないのが不思議だ。

そんなことを思いつつ、伸ばされた手に抱き上げられるのも慣れてしまった。

城を出たらもっと冷えそうだから毛皮が欲しい……正直そう言いたくてたまらなかったが、この時代の人間は寒さに鈍感なのか、上に蓑を羽織って終わりだ。

父の背中に巨大な蓑を載せたのは南。手足の紐を結ぶのはそのほかの側付きたちだ。

あらかたの支度が終わり、福島家の総勢二十数名が三の丸下の門のところに集まっている。

ほとんどの人員が本丸に駆り出されているので、その出立を見送る者は多くはなかった。

それでも、何人かの顔見知りと家老の下村、一朗太少年がわざわざ門まで駆けつけてくれた。

勝千代は、不安そうな少年に軽く手を上げて合図した。

電話もメールもないこの時代、距離が開くと気軽に話をすることもできなくなる。紙すら貴重で、たわいのない内容を送るようなものではない。

この先、彼が父母のことをどうするのか、姉弟についてもわからないことが多いが、協力できることはしたいと思う。

昨日のうちに、何かあったら相談してほしいと伝えてある。勝千代とてまだ童子なので、できることは多くはないが。


父たちは、もともと強行軍でこちらへ来ていたので、それほど多くの荷物は持ち合わせていなかった。それなのにさらに、本丸曲輪の火災で替えの着物や日用品類を失ってしまった。

野郎どもは着た切り雀でもまったく気にしていないが、勝千代は気になる。

下村が気を使って色々と用意してくれたので、雪と曇天続きで洗濯もできず結構臭いがしてきた野郎どもを、少しだけマシにしてくれた。

土井たちはその上から簡素な鎧を装着し、やはり臭いがきつい兜や、傷や欠けの多い脛あてなどをつける。

近くだと剣道部のような独特の男臭がするが、遠目にはなかなか見栄えがした。

身だしなみは大切だ。たとえ側に寄りすぎると思わず「うっ」と鼻をつまみたくなるにしても。

もちろん父も臭う。言いたくはないが……勝千代も。

なにしろ、風呂好きで定評がある日本人のはずなのに、ここに風呂なんてものは存在しないのだ！

もう何か月頭を洗っていないか……思い出しただけで痒くて涙目になってしまう。

探せば温泉とか蒸し風呂とかあるのだろうが、そもそもこの城にそういう設備はない。

夏は井戸端で頭から水をかぶるとか、川で行水したりもするが、冬は顔を洗うだけなのだという。

そんな野郎どものとんでも話はともかくとして、城の女性陣、御女中や奥方たちはどうしているのだろう。やはり勝千代と同じように、濡れ布巾で拭うだけなのだろうか。

なにより怖いのが、最近それに慣れはじめたことだ。

人間は環境に染まっていく生き物なのだとつくづく思う。

かつては一日風呂に入らないだけで気持ちが悪かったが、下手したら勝千代くん、年単位どころか産湯以来、湯につかっていないかもしれない。

なんと恐ろしい。


「寒いか?」

遠ざかっていく城を見ながらそんなことを考えていると、父の声が頭上から降ってきた。

勝千代は「寒い」と答えたいところをぐっと我慢して、小さく首を左右に振った。

芯まで冷えるこの季節に、寒くない日など存在しない。

たとえ日差しがある日でも、ろくな防寒着のない外出で寒くないわけがないのだ。

だが、風よけ(父)がいれば少しはマシになる。それで我慢するしかない。

ちなみに、全員歩き、徒歩である。

雪深い山道を爆走できる馬がいるのに、どうしてかと思うだろう?

父ほどの巨漢を乗せることができる馬がいないからだそうだ。

厳密な意味で無理だというわけではない。ただ、そもそも馬は非常に高価なものなのだ。父の体重プラス雪道となれば、高確率で足を悪くする。

国元に戻れば、騎乗可能な馬もいるそうだから、あえての徒歩移動も今だけだろうが……まさか雪中強行軍の理由が、父の体重のせいだとは誰も思うまい。


日は次第に高くなり、雪がきらきらと白く輝きを増していく。

見渡す限り一面の雪景色は絶景としか言えないが、あの雪崩と吹雪を乗り越えてきた勝千代の目にはひどく恐ろしいものとして映った。

さながら、美しいベールをまとった、おどろおどろしい何か。

実際このなだらかな斜面の下には、雪崩に飲まれた多くの死体があるはずだ。

それを思うと、足跡ひとつないきれいな新雪を見ても、ゾゾッと背筋が凍る。

一時間もしないうちにぶるぶると震えはじめた勝千代を、父は厚めの陣羽織で覆ってくれた。

寒いが、寒いわけではない。

そう説明しようと口を開いたが、たちまち氷のような空気が咥内に入り込んできたので、辟易して黙った。

特別ページ

キャラクターデザイン公開

『冬嵐記　福島勝千代一代記』に登場する主なキャラクターを、
上條ロロ氏のデザイン画とともにご紹介！

キャラクターデザイン　上條ロロ

福《く》島《しま》勝《かつ》千《ち》代《よ》

福島家の嫡男。意識は四十代後半の高校教師だった現代人。

福《く》島《しま》上総《かずさ》介《のすけ》正成《まさなり》

福島家当主。こう見えてまだ三十代。勝千代を溺愛している。

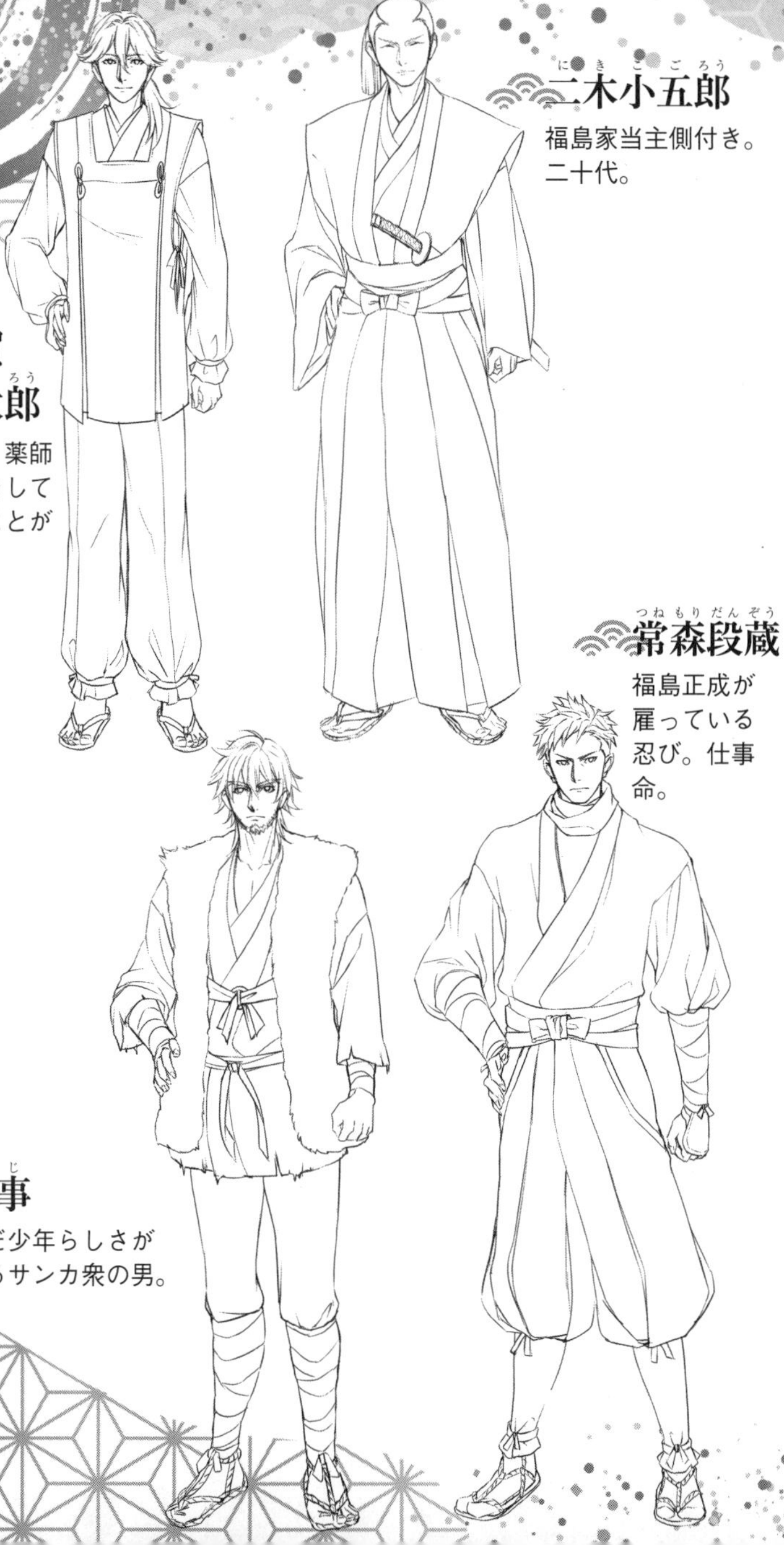

二《に》木《き》小《こ》五郎《ごろう》

福島家当主側付き。
二十代。

多賀《たが》
弥太郎《やたろう》

忍び。薬師
の姿をして
いることが
多い。

常《つね》森《もり》段《だん》蔵《ぞう》

福島正成が
雇っている
忍び。仕事
命。

万事《まんじ》

まだ少年らしさが
残るサンカ衆の男。

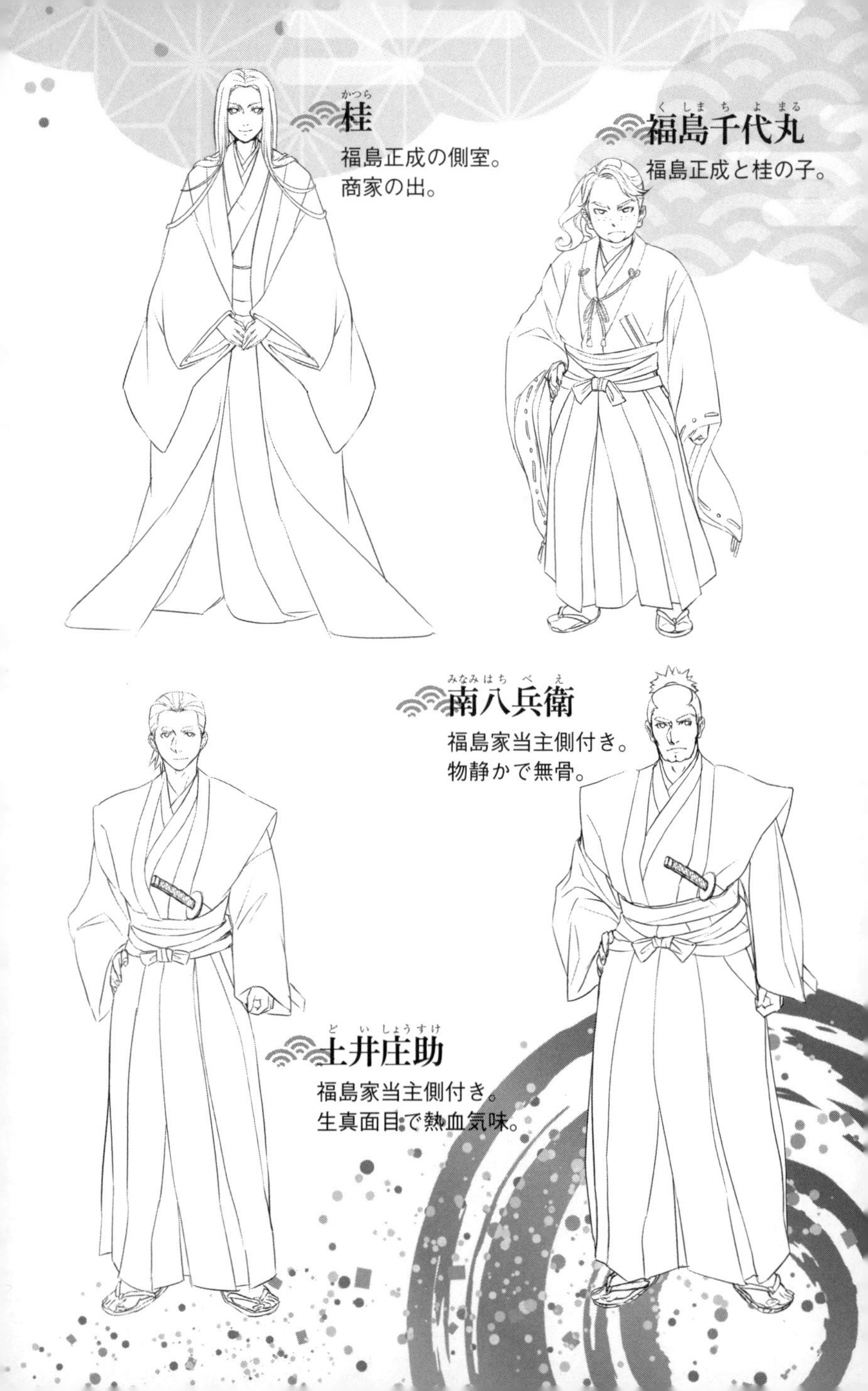
桂《かつら》
福島正成の側室。
商家の出。
福島千代丸《くしまちよまる》
福島正成と桂の子。
南八兵衛《みなみはちべえ》
福島家当主側付き。
物静かで無骨。
土井庄助《どいしょうすけ》
福島家当主側付き。
生真面目で熱血気味。

あとがき

幼少期から文章を書き続け、いまだに飽きないのは何故かとよく考えます。きっと現実とは違う、架空の世界に飛び込む瞬間が好きだからですね。

今回は歴史ものに挑戦してみました。歴史小説ではあるのですが、難しいことは考えず読めるように、あえて情報をおさえて書いています。

時は応仁の乱の後。信長たち戦国武将が華々しく登場するよりも五十年ほど前。

本作の主人公である勝千代は、日本史についての知識がなく、今いる場所も、時代も、自身が何者なのかもわかっていません。勝千代と同じような不安と疑問に苛まれつつ、小説の世界に入り込んで頂けていたら作者冥利に尽きます。

本作は続きを「小説家になろう」に掲載しています。冬嵐記は完結まで書き終えていますが、同じ主人公で四年後のお話も書いています。もしよろしければ、勝千代に会いに来てやってください。

本作を刊行するにあたり、担当編集者さまその他、色々な方に多大なるご尽力を頂きました。

素敵なイラストを描いてくださった上條ロロ先生にも、最大級の感謝を！

貴重な機会を頂き、本当にありがとうございました。

槐

冬嵐記　福《く》島《しま》勝《かつ》千《ち》代《よ》一代記

2024年3月3日 初版発行

【著　　者】槐《えんじゅ》

【イラスト】上條ロロ
【編集】株式会社 桜雲社／新紀元社編集部
【デザイン・DTP】株式会社明昌堂

【発行者】福本皇祐
【発行所】株式会社新紀元社
〒101-0054　東京都千代田区神田錦町1-7　錦町一丁目ビル2F
TEL 03-3219-0921 ／ FAX 03-3219-0922
http://www.shinkigensha.co.jp/
郵便振替　00110-4-27618

【印刷・製本】中央精版印刷株式会社

ISBN978-4-7753-2130-0

※本書は、「小説家になろう」（http://syosetu.com/）に掲載されていたものを、改稿のうえ書籍化したものです。